君は初恋の人、の娘
3
You are
the daughter of
my first love.
機村械人
［イラスト］いちかわはる

動揺を隠しきれない表情の一悟に対し、
ルナは、その正面に立つ。
私、イッチを取られたくない

ルナさん……
濡れた瞳──その目の中に、粘ついた炎を宿して。
執着心を宿して。

そんな……急すぎる
このまま、
もう会わないようにしよう

それで、
世界中が納得する
やっと、やっとここに至って、一悟は知った。
ここまで彼女が追い詰められていたという事実を。

彼の前では気丈に振る舞えていたのに。
わからない。
わからない。

私……
……店長に
……ふられ、
ちゃった
ふられちゃったよ
でも、これが恋をするって事なんだ。
そう、和奏は深く思い知った。

You are the daughter of my first love.

Contents

[　目　次　]

君は初恋の人、の娘3

機村 械人

GA文庫

カバー・口絵　本文イラスト
いちかわはる

プロローグ　新たなる障壁

釘山一悟《くぎやまいちご》の家の中は、まるで時間が停止したかのような静寂《せいじゃく》で満たされていた。

――好きです！

突如《とつじょ》、家へと押し掛けてきた和奏《わかな》が言い放った、予想外《よそうがい》の告白。

一悟の部下であり、頼りになる副店長。

いつも自身を支えてくれていた真面目《まじめ》な彼女が起こした突然の言動に、一悟は動揺《どうよう》を隠《かく》せずにいた。

思考が浮つき、心臓《しんぞう》が高鳴る。

自分の身に今何が起こっているのか、把握《はあく》する事さえさせてもらえないような――そんな心理状態に陥《おちい》っていた。

「ええと、その……」

しどろもどろになった一悟は、目を泳がせる。

迷走する視線をそれでも制御しようと努め、一旦《いったん》状況を整理するためにと、目前で俯《うつむ》いている和奏とは別の方向へと向けた。

You are the daughter of my first love.

向けられた先は、リビングの入り口。

そこに立ちっ放しになっている少女の姿を認識する。

まずい、と、現状における最大の危機に思い至った。

一悟と同様に、魂《たましい》が抜けたように立ち尽《つ》くす彼女の名は、星神《ほしがみ》ルナ。

――初恋の人、の娘だ。

（……どうして）

どうして、こんな事になったのだろう。

一悟は冷静さを取り戻そうと、現状把握を開始する。

時間は、夜。

本日ルナと、仕事が終わった後に、一悟の社宅で夕餉《ゆうげ》を一緒《いっしょ》に食べようと提案され、彼女はやって来ていたのだ。

ルナが一悟の家を訪れた時には、決まって何かハプニングというか……二人の関係性にとって決して良いとは言い切れない、嫌《いや》な事件が起きる。

一度目の時も、二度目の時も。

その思い出を払拭《ふっしょく》するために、リベンジの意味も込めて、今日、彼女はやって来たのだ。

……そのはずだったのに、また予想もできないような事態が巻き起こってしまった。

「………」

一悟は、立ち尽くしたルナに強く視線を向ける。

今のルナは、放心状態、茫然自失《ぼうぜんじしつ》という様相《ようそう》である。

和奏による一悟への告白の瞬間に、運悪く立ち会ってしまったのだ。

彼女がそんな状態になってしまうのは、仕方がない事だろう。

しかし、今はともかく、ルナの姿をここから消さなければならない。

もし、彼女が一悟の家にいると和奏にバレてしまったら……色々と問題になりかねない。

一悟は虚空《こくう》を見つめたまま止まっているルナの双眸《そうぼう》に、自身の目線《めせん》を合わせながら、和奏には見えない角度を意識しつつ、大きく腕を振る。

なんとか身振り手振りで、彼女に隠れるよう指示するためだ。

ルナに、こちらへ意識を向けるよう身振りで示す、しかし、彼女は動かない。

完全に、一悟の動作も知覚できていない様子だ。

(……頼む)

ルナの心の繊細さと脆《もろ》さ。

一悟への強い依存《いぞん》は、一悟自身もよくわかっている。

だが、今だけは、この一瞬だけでも——。

そんな、一悟の願いは儚《はかな》く砕ける。

「店長？」

気付くと、和奏が顔を上げていた。

先に思考が回復したのは、彼女の方だったようだ。

そして、一悟の焦燥感《しょうそうかん》に駆《か》られたような表情と身振りを目にしていた。

しまった——と、思った時にはもう遅い。

「どうかしたんで……」

和奏は、一悟の挙動と視線から、原因がリビングの入り口の方にあるとわかったのだろう。

一悟が何かを発するよりも早く、振り返っていた。

「……え？」

そして、そこに立つルナの存在を認識した。

「あ……」

そこに至って、和奏と視線を合わせたルナも、意識を取り戻したようだ。

和奏と、その向こうで額《ひたい》に手を当てて苦悶《くもん》の表情を浮かべる一悟の姿を見て、サァッと顔を青ざめさせた。

自分が、大変なミスを犯してしまったと、気付いたのだ。

「星神、さん……？」

一方、和奏は再び、思考を漂白《ひょうはく》される羽目《はめ》となった。

目前の光景の意味が、理解できない様子だった。

しかし、その場にルナがいるという現実を徐々に飲み込み、改《あらた》めて混乱し始める。

「どうして、星神さんがここに？」

まずい――。

考えろ、考えろ、考えろ。

一悟は脳細胞を全速力で回転させる。

和奏に、ルナが一悟の家にいるとバレてしまった。

見られ掛けたとかではなく、ガッツリ直視されてしまった。

今更《いまさら》、夢や幻覚です、なんて言い訳は通用しない。

社会人の男が一人暮らしをしている、会社借り上げの家に、高校生一年生の、一回り以上も年下の、会社のアルバイトの少女が上がり込んでいる。

それは、社会的・常識的通念から見たなら、どう考えてもあってはならない状況だ。

結論は出た。

まずは、何がなんでも誤魔化《ごまか》さないといけない。

「偶然《ぐうぜん》も、あるんですね」

そう、一悟は至って冷静な、平生《へいぜい》の顔を意識しつつ、普段通りの声のトーンで喋《しゃべ》り出す。

え？　と、和奏が一悟を振り返った。

「星神さんだけでなく、和奏さんまで僕《ぼく》の家に来るなんて。今日は、来客が多い日だと思いまして」

「あの……彼女は……」

「星神さん〝も〟、店の忘れ物を届けてくれたんです」

困惑《こんわく》する和奏に対し、一悟はさも当然、それ以外の何がある、というほど毅然《きぜん》とした態度と声音《こわね》で話す。

嘘《うそ》を吐《つ》いているという後ろめたさを微塵《みじん》も見せず、堂々と言い切れば、相手もそうだと思うほかない。

加えて、和奏が一悟の家に訪れた理由について、ルナに対しても誤魔化すような言葉を入れている。

これにより、この発言は、一悟が和奏の側に立ってフォローをしていると、そう思わせるような台詞《せりふ》になっているはずだ。

「星神さんが僕の忘れ物を、わざわざ家まで持って来てくれたんです。本当に、律儀《りちぎ》な性格ですよね」

「そ、そうだったんですか？」

和奏は、一悟の説明を完全に信じ切ったようだ。

ルナも冷や汗を流しつつ、余計な事は言わず状況の収拾を完全に一悟に託《たく》している。

「ええ、で、折角《せっかく》なので、お礼にお茶でも飲んでいってもらおうとしていたところだったんです。そこに、ちょうど和奏さんが来訪《らいほう》してきて」

「へ、へぇ……」

納得する和奏。

と言うより、彼女もまだ、完璧に理性を取り戻せていないのかもしれない。

それもそのはずだ。

彼女はきっと今、自分の行った一悟への告白を、ルナにも聞かれてしまったのではないかと、
そちらの問題の方を心配しているのだろう。

「星神さん、今の話、聞いてた？」

そこで、一悟はルナへと質問を投げ掛ける。

あえてストレートに。

その質問に、和奏はビクッと肩を揺《ゆ》らす。

「ええと……」

ここに至って水を向けられたルナは、動揺しながら視線を一悟へと向ける。

一悟はそんなルナに目配せし、小さく首を横に振って見せた。

「……話、ですか？」

ルナは頭が良い。

一悟の言葉と挙動の意味を、その一瞬で察《さっ》してくれたようだ。

「キッチンで火が燃え上がっていたので、急いで消火のためにタオルに水を染み込ませて用意していたんです。今戻ってきたところで、副店長がいて驚いて……」

所々、状況を上手《うま》く把握できていないように、言葉を句切りながら発するルナ。

名演技である。

和奏の告白を聞いていない、それ以前に、何の話をしていたのかもわからない。

火災が起き掛けてパニックになっている感じを、上手く表している。

ルナのその言葉を聞き、和奏は少し安心した様子だ。

ホッと、胸を撫《な》で下ろしている。

「和奏さん」

ここが好機だと、一悟は彼女に声を掛けた。

「は、はい！」

顔を跳《は》ね上げた和奏へと一歩近付き、彼女にしか聞こえないくらいの声量で、語り掛ける。

「僕も今、落ち着いて会話ができる状態ではありません。今日は一旦、お互い頭を冷やしましょう」

一悟は提案する。

早い話、和奏を帰らせるよう誘導しているのだ。

「は、はい、あ、でも、ええと……」

しかし、和奏は動揺しながらもなかなか引き下がらない。

まぁ、当然だろう。

自宅に押し掛けていきなり告白……確かに、身勝手な行動だ。

その告白の相手から「考えさせて欲しい」と、言わば保留の返答を受け取ったようなもの
――大人しく引き下がるのが筋だろう。

だが、だからといって容易《たやす》く帰るのも、後ろ髪《がみ》を引かれるようで受け入れ難《がた》いというのもわかる。

「僕はこの後、星神さんを家に送らないといけないので」

なので、一悟は和奏を納得させるため、そう理由付けをする。

「星神さん……星神さんは、自分が送りましょうか?」

しかし、逆に和奏からそう提案されてしまった。

まずい――と思う。

もし和奏がルナを車で家まで送るということになった場合、車内で会話だってするだろう。

そこで、話の辻褄《つじつま》合わせに失敗し、ボロが出てしまう可能性もある。

「いえ、そこまでしていただかなくても……」

「いいんです。私に、頼ってください、店長」

なんとか、和奏に引き下がってもらおうとするが、和奏も譲《ゆず》らない。

彼女は、どうも先日から一悟に頼りにされたがっている節がある。

（……仕方がない……こうなったら、少々踏《ふ》み込んだ話になるが……）

なかなか引かない和奏に、一悟はそこで、小声になって告げる。

「和奏さん」

「は、はい」

声量を落とし、深刻《しんこく》そうな声色になった一悟に、和奏は何事かと慌《あわ》てる。

「先程、星神さんはああ言っていましたが……おそらく、和奏さんの発言は彼女に聞かれているると思います」

「！」

「明日には、お店中に噂《うわさ》が広まっている可能性もあります。星神さんがそんなことをする人間だとは思いませんが……万が一の可能性も否めません。僕が、上手く誤魔化しておきますので、どうか、ご協力を」

「わ、わかりました」

その一悟の発言で、和奏も納得したようだ。

承諾し、今日は一旦帰る気になってくれた。

「では……すいません、いきなり押し掛けてしまったりして」

「いえ、大丈夫《だいじょうぶ》です。星神さんのことは、僕に任せてください」

ということで、和奏は一悟の家を後にした。

玄関《げんかん》を開け、足早《あしばや》に去って行く彼女を見送る。

「……ふう、さて」

呟《つぶや》き、一悟は廊下《ろうか》を戻って、リビングへと向かう。

そこで、ルナが立ったまま彼を待っていた。

「……お帰り、イッチ」

「……ああ」

「………」

「………」

二人は沈黙《ちんもく》し、立ち尽くす。

ルナも、やはり動揺しているのだろう。

視線を左右に動かしながら、言葉を探している様子だ。

やがて、やっと絞《しぼ》り出すように、彼女は声を発した。

「晩ご飯……どうしよう」

「……ああ」

どうするもこうするも、この空気だ。

今の、心につかえというかモヤモヤを抱《かか》えた状態の二人で、仲良く笑顔で食事なんて、希望通りにはいかないだろう。

正直、緊張感や精神的な疲れから、食欲も減退《げんたい》してしまっている。

「……ルナさん」

気を使いつつも、一悟は意を決して発言する。

「君も、今日は一旦、帰った方がいいかもしれない」

「……うん」

ルナは否定しなかった。

彼女も、一悟と同じ気持ちで、同じ結論を出していたのかもしれない。

持ってきた食材をクーラーバッグに戻し、帰る準備を進める。

黙々《もくもく》と作業するその姿が痛々しく、心が締《し》め付けられるようだった。

「送ろうか?」

玄関先、靴《くつ》を履《は》くルナに、一悟は問い掛ける。

「ううん、大丈夫だよ」

ルナは俯き気味の顔に微笑《びしょう》を湛《たた》え、そう言って帰って行った。

(……大丈夫かな)

ルナの姿を見送った後、一悟は改めて不安を覚える。

彼女は以前にも、心が不安定になった際、自我を喪失し失踪《しっそう》――自宅から遠く離れた山中で発見されるという事があった。

しかし一時間ほど後、心配しメッセージアプリで連絡を入れると、問題なく帰宅したと返事をもらえた。

「……はぁ」

リビングのソファに腰《こし》を下ろし、天井《てんじょう》を見上げながら、一悟は嘆息《たんそく》を漏《も》らす。

ひとまず、ルナの帰宅を確認し安心はできた。

そしてすぐに、新たな苦悩が脳内《のうない》を占める。

和奏からの告白。

冗談や洒落《しゃれ》ではない、本心からのもの……と捉《とら》えて良いのだろうか。

いや、そうでなければ、わざわざこうして家までやって来るはずがない。

「……どうすればいいんだ」

ルナとの関係性だけでも大変なのに――。

ここに来て、更なる難問が目前に立ちはだかってしまった。

第一章　三角関係

You are the daughter of my first love.

――朔良《さくら》と多くの場所を訪れた、彼女との多くの思い出が生まれた、あの夏が終わり……。

夏休みが明け、時期は二学期。

暑さもピークを越え、過ごしやすい気温になった、初秋の頃。

『楽しかったね、夏休み』

朔良と通学路を一緒《いっしょ》に歩きながら、一悟《いちご》は共に過ごした日々を想起していた。

『プールに行ったり、お祭りに行ったり、それに海も。ありがとうね、イッチ。色々、誘ってくれて』

朔良にそう感謝の言葉を告げられ、一悟は気恥《きは》ずかしそうに『……うん』と頷《うなず》く。

うーん、と、彼女は背伸びをする。

いくぶん涼《すず》しくなったとはいえ、まだ夏服。

セーラー服の裾《すそ》が持ち上がり、露《あら》わになったお腹《なか》がチラリと見えたため、一悟は慌《あわ》てて目線を逸《そ》らした。

『もう秋だね』

もうすぐ文化祭があるなぁ——などと、一悟と朔良は会話を交えていく。

『勉強の方は、どう?』

そこで不意に、一悟は朔良に、そんな話題を持ち掛けた。

現在、朔良は中学三年で受験生。

受験勉強に精を出している時期である。

『うーん……どうかなぁ?』

彼女は少し唸《うな》った後、そう自信なさげに言った。

一悟にとっては、意外な返答だった。

彼女の志望校は、結構偏差値《へんさち》が高い。

けれど、朔良の成績からして、確実に行けるはずだと思っていた。

『もしかしたら難しいかもしれないって、思うんだ。ちょっと希望を落として、もう少し下の高校に変えようかなぁ、って思ってたりして……』

そう、朔良が一悟に視線を流しながら言う。

少し頬《ほお》を赤らめ、言葉尻《ことばじり》は消え入るような小声になっていた。

……もしかしたら。

朔良は一悟と同じ高校に通いたくて、だから、そんな気持ちを孕《はら》んだ発言をしたのかもしれない。

一悟のレベルに合わせると、そういう意味も込めて。
だとしたら、その気持ちは率直《そっちょく》に嬉《うれ》しい。
朔良に求められているようで、感動から顔が熱を帯びるのを感じる。
……けれど。
だからといって、それを受け入れるのは男として情けない事だろう。
『駄目《だめ》だよ』
朔良の発言に、一悟はそう答えた。
『イッチ？』
真《ま》っ直《す》ぐに向けられた一悟の視線に、朔良は動揺《どうよう》した表情になる。
朔良が目指している高校の学科は、理数科。
レベルが高く、当然、進学率や就職率も良い。
それは、まだ自分の未来を決めていない彼女が、どんな事にでも挑戦できるように。
もしも、追い求めたい夢ができた時に、何の心配もなく挑《いど》めるように。
その道の幅を広げるために選んだ選択肢だ。
それを、諦《あきら》めさせるわけにはいかない。
『その高校、僕《ぼく》も目指してるんだ』
『え？』

『だから……朔良の行く高校に、僕も行きたいから』

そう、密《ひそ》かに決めていた決意を、一悟は口にした。

確かに、朔良の志望校に行くには、一悟はもっと頑張《がんば》って偏差値を上げないといけないかもしれない。

仮に合格したとしても、彼女と共に過ごす高校生活はわずか一年だけのもの。

一悟が入学した年には、朔良は高校三年生。

もしかしたら、今以上に受験勉強も忙しく、一緒にいられるような時間はほとんどないかもしれない。

けれど、それでも構わないと思っている。

それだけの事が、喉《のど》から手が出るほど欲しい。

だから、自分に対しての宣言も兼ねて、一悟はそう言った。

少し、勇気のある発言だった。

一悟にとって、それは『好きだ』と告白するのに近い感覚だったと思う。

それに対し、朔良は。

『……うん、私も、イッチと同じ高校に行きたい』

嬉しそうに、そう言ってくれた。

目を細め、少しだけ色が薄《うす》れて見える秋の日差しの中、愛《いと》おしい相手を見るような顔で。

『一緒に頑張ろう、イッチ』

――――。

…………。

……。

勇気を出した告白に対し、笑顔を返してもらえた自分は、どれだけ幸福だったのだろう。

けれど、和奏《わかな》は……。

「……はぁ」

和奏から突然の告白を告げられた――翌朝。

キッチンの流しで洗い物をしながら、一悟は溜息《ためいき》を吐《つ》く。

結局、あまり眠れなかった。

濡《ぬ》れた指先で眉間《みけん》をギュッと押さえながら、考えるのは昨夜の事だ。

和奏の姿を思い出す。

一悟に告白した時の、彼女の浮かべた表情や態度。

顔のみならず、肌《はだ》を首元まで真《ま》っ赤《か》に染めていた。

胸の前で握られた手、震《ふる》える肩――それらは、意を決して心の内を言葉にした事への、恐怖と期待の表れだ。

それと比較するように、普段のキリッとしていてスマートな和奏の姿を思い出せば、そのギャップにまたドキドキする。

「……和奏さんに、告白されたんだよな」

と、改めて口に出し、自身に言い聞かせる。

それほど現実感がなく、そして浮つく感覚があるのは――きっと、少なからず嫌《いや》な気がしないからだろう。

そして、だからこそ。

ちゃんと返答をできなかった。

ルナとの関係性がバレてしまう――。

その事にばかり気を巡《めぐ》らせていた。

嘘《うそ》を重ねて、あの場を誤魔化《ごまか》す事に必死だった。

肥大《ひだい》する罪悪感。

懸命《けんめい》な表情だった。

彼女なりに勇気を出した、本気の行動だったのだろう。

それに対し、動揺と混乱の入り交じった状況のせいもあるが、不安を保留させるような態度を取ってしまった。

申し訳ない事をしてしまったな……と、今更《いまさら》のように思った。

「……おっと、急がないと」

とは言え、時間は待ってはくれない。

気楽に生きる人間にも、悩《なや》みあぐねる人間にも、平等に流れていく。

現在時刻を確認した一悟は、出勤《しゅっきん》の準備を始める。

――和奏と、そしてルナと顔を合わせる事になる職場へと、向かう。

※　※　※　※　※

朝の雑事《ざつじ》を終え、準備を済ませた一悟は、店舗へと出社する。

いつも通り、屋上駐車場に車を停め、店舗のバックヤードを通り、事務所へと向かう。

扉《とびら》の前で立ち止まり、そこで一度、深呼吸。

心臓《しんぞう》の鼓動《こどう》と緊張を抑え、普段通りの態度を意識しながら、扉を開けた。

「おはようございます」

挨拶《あいさつ》をしながら事務所に入る一悟。

「あ、店長、おはようございます」

「おはようございます」

と、先に出社していた事務担当の社員達から挨拶を返される。

いつも通り、一悟は真っ直ぐ事務所の中を進み、自身の席に着く。

「おはようございます、店長」

そしていつも通り――一悟の側に、和奏がやって来た。

眼鏡《めがね》を掛けた利発《りはつ》そうな顔立ちに、栗色《くりいろ》の髪《かみ》。

平生《へいぜい》と変わらない姿の彼女が、そこにいる。

「おはようございます、和奏さん」

一悟が返すと、和奏は毎朝のルーティンである、一日の予定と引き継ぎ事項の読み上げを行っていく。

……表向きは、いつも通りの応酬《おうしゅう》かもしれない。

けれど、二人の間に流れる空気は、どこかぎこちない。

視線の動き、ちょっとした動作、間の取り方、それらがすべて、上手《うま》く噛《か》み合っていないような。

逆に、互いの一挙手一投足《いっきょしゅいっとうそく》を窺《うかが》い合っているような。

距離感を探り、身振り手振りに気を使い合っているような、そんな釈然《しゃくぜん》としない雰囲気《ふんいき》となってしまっている。

それを感じ取っているのは、当事者の二人だけだが。

「本日の報告は、以上です」

「はい」

「…………」

「…………」

「……あ、そういえば、以前話していた駐車場の陥没《かんぼつ》の件は、どうなりましたか？」

「……は、はい。依頼した施工業者に見積もりを出していただき、本部への起案書を作成したのですが……」

若干《じゃっかん》の居心地の悪さを覚えながらも、一悟と和奏はそう会話を継続していく。

まるで、仕事以外の会話に移行するのを、恐れるかのように。

※　※　※　※

――時間は経過《けいか》し、昼頃。

「では、正面入り口は予定通りイベント商品を展開し、第二入り口前に家電商品を大量陳列《ちんれつ》する形でいきましょう」

「はい」

広大な売り場面積を誇る大型雑貨店の中、一悟と和奏は、共に売り場の巡回《じゅんかい》を行っている。

季節は秋。

日中の平均気温も下がり、これからシーズンは一気に冬へと移行する。

そのため、店内のレイアウトも大きく変化する季節だ。

一悟が店長を務めるこの店は、全国で上位数店舗が分類される、売り上げ好成績店である。

Sランク店というランク付けがされるほどの店格だ。

当然、売り場面積も大きい。

夏物家電のクーラーや扇風機は、これからは当然需要が低下する。

それらを値下げして売り減らしをしつつ、季節に合わせ、ストーブ、こたつ、ホットカーペットの陳列を増やす。

それに加湿器等の暖房器具の規模を膨《ふく》らませていかなくてはならない。

ペット用品も、夏用のペットウェアやペットベッドを冬仕様のものに変更。

小動物用の暖房器具も現れる。

寝具も、通気性の高いものや冷感タイプのものから、羽毛布団《うもうぶとん》等の保温性のあるものに変えていく。

キッチン用品も、レジャーシーズンに特化したキャンプ用品等は勢いが収まり、土鍋《どなべ》など家の中で使用するタイプの商品の規模が拡大。

イベント系の商品も、ハロウィンやクリスマス用品が意識され始める。

農機具等の農業向け商品も、草の育たない季節になるため除草剤や草刈り機等は幅を狭《せば》め、収穫を想定したものに変わり、植物や花は一気に展開規模が縮まる。

限られた時間の中でいかに迅速《じんそく》に、そして完全に作業を進めるかが重要になる季節なのだ。

二人はその大規模な売り場変更に関し、計画を摺《す》り合わせている最中である。

「数日後に、以前から予定されていたテレビ番組の取材もありますからね。それまでには売り場を最低限の形にしてしまいましょう」

「はい」

広い店内を一緒に歩きながら、話し合いを進めていく一悟と和奏。

昨日の今日とは言えども、私生活のことを仕事に持ち込むわけにはいかない。

特に、店を仕切る立場に立つ者達として、するべき事はこなさなくてはならない。

その意識が働いたからか、二人はいつも以上に真剣《しんけん》に、綿密《めんみつ》に話し合いながら計画を練り上げていく。

と、そこで。

「じゃあ、次はディスクグラインダー（木材や金属の切断、研磨《けんま》等を行う手持ちの小型丸鋸《まるのこ》のような工具）の使い方ね。結構反動が大きいから、防塵《ぼうじん》眼鏡と革《かわ》手袋は絶対着用だから気を付けて」

「はい」

工作室の近くを通り掛かったところで、作業中の女性社員二名が話しているのを発見する。

工作用品及《およ》び工作室担当者の鷺坂《さきざか》と、同じく担当見習いのルナである。

どうやら、ルナが鷺坂から新しい工具の使い方を色々と教わっているようだ。

売り場の商品もそうだが、ここ、工作教室のメニューも、これからの季節に合わせて変更されていく。

夏休みの工作的な内容から、年末年始の連休に対応した、クリスマスやお正月を楽しむようなものに変わるのだ。

ハロウィンの衣装やクリスマスツリー。

それに、ミニ門松《かどまつ》等といったものである。

そのため、ルナも新しい知識を習得中なのだろう。

「ふむふむ」と頷きつつ、鷺坂の言葉をメモ帳に写しながら、真面目《まじめ》に研修を受けている。

「じゃあ、試しにこの金属板を切ってみようか」

「はい、頑張ります」

工作室に正規担当者の鷺坂が復帰したのは、つい先日の事だ。

初夏の頃、プライベートでの事故で腕を骨折し、休職中となった彼女だったが、掛かり付けのお医者さん曰《いわ》く予想よりも回復が早かったそうだ。

今では、ギプスも外れている。

全快《ぜんかい》するまでまだ時間はかかるが、それでも腕に負担が掛からない程度なら通常業務も行えると言われたそうだ。

ということで、先日から職場に復帰。

ルナに色々とアドバイスをしているのである。

ルナは、鷺坂から渡されたディスクグラインダーのスイッチを入れる。

ギュイインという甲高い音を立てて、先端の切断刃が高速回転を始める。

その切っ先を、テーブルの上に固定した金属板に当てると、切断音と共に火花が散った。

「そうそう、そんな感じ」と、鷺坂も頷いている。

頑張っているな――と、一悟も端《はし》からルナのそんな姿を見守っていた。

そこで、だった。

不意に、ルナの視線が跳《は》ね上がり、偶然《ぐうぜん》、そちらを見ていた一悟と目が合う形になってしまった。

ただ、彼女を見守っていただけだ。

そんな事をする必要もないのに、一悟はそこで、慌てて目線を逸らしてしまった。

「あ……」

その一方で、ルナは一悟と和奏が一緒にいる事に気付いたのだろう。

隣《となり》同士並んだ、二人の姿が目に入り、思わず声を漏《も》らす。

二人きり、何をしているのだろう、どんな会話をしているのだろう――そんな事が気になって、どこか上の空になってしまった様子だ。

「星神《ほしがみ》さん？」

「あ、ええと」

そこで、急に呆《ほう》けたルナに、鷺坂が不思議そうに声を掛けた。

名前を呼ばれ慌てたルナは、不注意にも、手に持っていたディスクグラインダーを傾けてしまった。

「危ない！」

金属板を切断している途中だったのだが、高速回転する刃に変な負荷が掛かってしまった。

鷺坂が慌てて叫ぶが、もう遅い。

バチンッと派手《はで》な音を立てて、強い反動に襲われたグラインダーが、ルナの手の中で跳ね上がった。

「きゃっ！」

驚いたルナは、グラインダーを手から離す。

逆に、それが功を奏した。

手を離れたグラインダーは、ルナから遠ざかるように飛んで、床《ゆか》に落下する。

その間に、鷺坂がルナの手を引っ張って、更に距離を取らせた。

「大丈夫《だいじょうぶ》かい⁉」

突然の出来事に、一悟と和奏も駆け付ける。

床に落ちたグラインダーを拾い上げ、電源を切ると、鷺坂とルナに向き直った。

「怪我《けが》は？」

「なんとか、二人とも無事です」

防具もちゃんと着けていたし、鷺坂の行動も素早く的確だったお陰か。

ルナにも鷺坂にも怪我はないことを確認し、一悟は安堵《あんど》する。

「気を付けないといけないよ。工具の扱《あつか》いは、間違ったら大事故に繋《つな》がるんだから」

「そうそう、今回は金属板を切るくらいだからまだ反動も小さかったけど、もっと硬くて重いものを切るような時には、気を付けないと大怪我を負う事もあるんだからね」

「ご、ごめんなさい……」

一悟と鷺坂に注意され、ルナは相当堪《こた》えたようだ。

完全に落ち込んで、両目を潤《うる》ませている。

「まぁ、これもいい経験だよ。大丈夫、大丈夫。腕を折っちゃうようなのに比べたら、全然小さいミスだからね」

「……」

そんな彼女を励《はげ》ます鷺坂と、心配そうに見詰《みつ》める一悟。

一方、ルナはこの場へと一緒に駆《か》け付けた和奏を見て、気まずそうに目を逸らす。

（……全員ギクシャクしている）

これは、思ったよりも重症だ……。

一悟、和奏、ルナ。

三人を取り巻く妙《みょう》な空気を今一度実感し、一悟は人知れず嘆息《たんそく》を漏らした。

※　※　※　※

――微妙《びみょう》な空気感は解消される事なく、三人の間に沈殿《ちんでん》し続けたまま時は流れていく。

「……よし、こんなところかな」

とは言え、現在は勤務時間中である。

社会人たるもの、仕事はきっちりこなさなくてはならない。

現在、一悟は事務所内でデスクワークを行っている。

パソコンで書類を作成しているのである。

近隣店舗の価格調査や、新規出店予定企業のデータを集計し纏《まと》めた書類。

そつなく作成したそれを、メールに添付してエリア部長のアドレスへと送る。

作業が一段落したので、一悟は椅子《いす》に座った姿勢のままグッと両腕を突き上げ、背筋《せすじ》を伸ばす。

事務所内には、一悟以外の社員はいない。

管理や事務職のメンバー達が、他の作業で席を外しているためだ。

そこへ――。

「あ、ルナちゃん、今からお昼？」

「はい」

開いたままの事務所のドアの外から、そんな会話が聞こえてきた。

視線を向けると、ルナが通り過ぎていく姿が見えた。

通り掛かった他のアルバイトメンバーと、話をしていたようだ。

休憩室《きゅうけいしつ》に向かっているのだろう。

「休憩の時間か……」

腕時計に視線を落とす。

現在の時刻は、午後三時。

今日は少しお客の入り数も多く、全体的に売り場がバタバタしているようだ。

そのため、ルナの昼休憩もこの時間まで遅れてしまったのだろう。

「………」

休憩室へと向かうルナを見送った後、一悟は少し考える。

昨日の今日で、色々ありすぎて動揺していたが、仕事に専念している内に、徐々にではあるが冷静さを取り戻してきた。

頭の中の整理ができてきたのかもしれない。

ルナに対しても、何かしら声を掛けてあげるべきだろう。

「……んん」

考え、悩み、決断すると、一悟は携帯を取り出す。

メッセージアプリを起動すると、意を決し、ルナにメッセージを送る。

――昨日の夜は、ごめん。今夜、家に行ってもいいかい？　一緒に夕飯でもどうかな？

と、深刻《しんこく》な雰囲気は見せず、少し軽い感じの文面を意識した。

「さて……」

反応を返してもらえるだろうか――と、思いながら携帯をポケットへとしまった瞬間、即座にバイブレーションが起動する。

取り出して画面を見ると、早速ルナから返事が返ってきていた。

――うん、大丈夫。今夜、家で待っている。

――と。

あまりの即レスにびっくりしたが、もしかしたら、彼女も一悟からこういう提案をしてくれるのを待っていたのかもしれない。

一悟はふっと微笑《ほほえ》む。

そんなルナの事を考えて、愛おしく、嬉しく思い、心が軽くなった気がした。

※　※　※　※

――そして、夜。

時刻は午後九時を回っている。

「では、本日はこれで」

一時間以上前に閉店時間を迎え、既《すで》に店の照明の大半が落ちている。

一日の作業が終了し、ほとんどの社員は退勤《たいきん》済み。

残っているのは店長の一悟と、副店長の和奏だけである。

そして今、和奏から一悟への最終報告が完了したところだ。

「大変でしたね、今日は意外と混んで」

「そ、そうですね」

本日は想定以上の来客数だったため、店舗全体で作業計画が遅れてしまった。

売り場の作成が順調に進まず、急遽《きゅうきょ》、人手を集める形となり、和奏も残業し手伝う事になった。

そのため、この時間まで二人が店に残る結果となったのだ。

「………」

「………」

今、静寂《せいじゃく》に満ちた事務所の中には、二人だけしかいない。

緊迫した空気が流れ、自然と、二人の会話は途切れ……。

「……わ」

「お……お疲れ様でした！」

「え？」

そこで、和奏がどもりながらも挨拶をし、一悟が何かを言うよりも早く、足早《あしばや》に去って行ってしまった。

「あ……」

事務所の外へと消えていった和奏の背中を見送り、一悟は絶句《ぜっく》する。

「……帰っちゃった、か」

結局、昨日の話の続きを、きちんと和奏と交える事はできなかった。

でもそれは、一悟だけの問題ではない。

先程のあの態度からもわかるように、どこか、和奏自身もその話題から逃げているように思える。

ここまで来ると、本当に昨日の彼女の告白は現実だったのかと、今更ながら疑念さえ浮かんで来るほどだ。

「……仕方がない」

何はともあれ、この後、一悟にも予定がある。

ルナの元に行かないといけない。

かくして、和奏から十分ほど遅れ店を出た一悟は、車を走らせ、ルナの家へと向かった。

※　※　※　※

――車を走らせる事、数十分。

一悟の車が、ルナの住むマンションに到着する。

女子高生が一人暮らしをするには少し大きめだが、それだけセキュリティーもしっかりしている高級マンションだ。

近くのコインパーキングに車を停め、一悟はマンションの玄関《げんかん》に入る。

エントランスでチャイムを押し、家主の許可が下りると、自動ドアが開きマンションの中へ誘われる。

階段を使って二階に上る。

踊り場を曲がってすぐの部屋が、ルナの家だ。

「お疲れ様」

ちょうど、階段を上り切ったところでだった。

タイミング良く、ルナがドアを開けた。

出迎えてくれたルナは、仕事用の格好《かっこう》ではなく、既に私服に着替えている。

「ごめん、こんな遅い時間に」

「う、ううん、仕方がないよ、今日は忙しかったから」

どこかよそよそしい態度のルナに迎えられ、家へと上がる。

少し広めの部屋に、女子高生らしい色合いの調度や家具が並んでいる。

一悟が以前作成した手作りのカラーボックスも。

そして、その上には金魚鉢《きんぎょばち》が置かれ、中で金魚が三匹泳いでいる。

もう見慣れた、彼女の部屋。

それだけ、何度もこの部屋に訪れているという事だ。

「あ、ごめんね、今日はちょっと帰りが遅くなっちゃったから、まだご飯の用意ができてなくて」

再三《さいさん》だが、今日は予想よりも店への来客数が多く、大半のメンバーが残業をする形となった。

ルナもその内の一人で、そのため、彼女も帰るのが少し遅れてしまったのである。

「すぐにご飯、用意するから、イッチはくつろいでて」

と、慌てた様子でシステムキッチンへと向かうルナ。

「いや、僕も手伝うよ」

それに対し、一悟も後に続いてキッチンへと向かう。

「え？」

「結局、昨日の夜は一緒に夕ご飯を作れなかったからね」

ワイシャツの袖《そで》を捲《まく》りながら、一悟は言う。

「昨日の食材、まだ残ってるよね？」

「あ、うん」

「じゃあ、問題ないね。というより、昨日はそういう約束だったろう？」

一悟の言葉に、ルナは一瞬呆けたような表情になり、その後、薄《うっす》ら頬を赤らめる。

ルナのために時間を作り、約束を忘れることなく遂げようとしてくれている。

そんな一悟の行動に、抱えていた悩みや戸惑《とまど》いを、この時だけは忘れられたのかもしれない。

「うん……えへへ、嬉しい」

というわけで、昨日作れなかった夕飯を、ルナと一悟は一緒に作る事になった。

「そういえば、何を作る予定だったんだい」

「うん、あのね……」

ルナと一悟が初めて出会った、最初の夜。
酔《よ》っ払《ぱら》いに悪絡《わるがら》みされていた彼女を助け、そして、彼女が朔良の娘だと知る事になった
——衝撃の出来事ばかりだった、あの夜。
ルナのために、一悟はオムライスの手料理を作った。

「だから、今日は、私がオムライスを作るね」

「そうか、じゃあ、僕はサラダでも作ろうかな」

出会った日と同じメニューの再現。

となれば、その間に交わす会話は、当然思い出話になる。

「でも、朝起きたら急に『恋人にして』には驚いたよ」

「えへへ、結構恥ずかしかったんだよ?」

チキンライスをフライパンで炒《いた》めながら、ルナが一悟の発言を受けて恥ずかしそうに笑う。

「でも、イッチだって悪いんだよ? 私が『恋人にしてくれますか?』って聞いたら、『是非《ぜひ》! 喜んで!』なんて言うから」

「……酔っ払ってまったく記憶がないんだけど、本当にそんなこと言ってたのかい?」

「うん、言ってた言ってた♪」

「絶対、大袈裟《おおげさ》に言ってるだろ」

和《なご》やかで、微笑ましい時間が過ぎていく。

今抱えている問題や懊悩《おうのう》を忘れられる——というなら、それは、一悟も同じだったのかもしれない。

そして、そうこうしている間に、料理が完成。

テーブルの上に、二人分のオムライス（ハッシュドビーフ掛け）と、一悟が盛り付けしたサラダの大皿が置かれる。

「「いただきます」」

二人で同時に言って、そして、まず先に一悟が手を付ける。

「どうかな？」

スプーンで一口分を掬《すく》い、頬張《ほおば》る一悟に、ルナは感想を聞く。

「うん、おいしいよ」

一悟が言うと、ルナは嬉しそうに表情を緩《ゆる》めた。

別にお世辞《せじ》だとかではなく、本当においしい。

やはり、ルナの料理の腕は高校生離れしている気がする。

「全然、僕が作るよりもうまいんじゃないかな」

「えへへ、そんなことないよ。イッチの方がおいしかった気がする」

流れていく、穏《おだ》やかな時。

一悟の自宅で……という点は叶わなかったが、ルナとの間に沈殿していた気まずさのようなものは、少しだけ解消できたようだ。

「イッチ……あのね」

さて。

食事を終え、食器も片付け、淹《い》れ立てのコーヒーを前に一息吐いたところでだった。

ルナが、会話の口火を切った。

「昨日のこと、なんだけど……」

「………」

……やっぱり、その話になるか。

昨日のこと、というのは、和奏の件だろう。

しかし、動揺はしない。

一悟にとっても、それは今日ルナの家に来た目的の一つなのだ。

今なら、一悟もルナも、お互い落ち着いている。

その話題を出すのは、ここが良い頃合いだろう。

「告白、されてたね、イッチ」

「ああ」

「……わかってる。こういうことだって、当然起きるよね」

時間も経《た》ち、満腹《まんぷく》になったので、少し落ち着いて話ができるようになった。

だから、なのかもしれない。

ルナは、己の正直な心境《しんきょう》を吐露《とろ》していく。

「だって、イッチには今、恋人はいないし……」

ルナの存在だって、ルナとの関係だって、当然だが公《おおやけ》にはなっていない。

そもそも、なっていたら大問題である。

そしてそれはつまり、ルナと一悟の関係を考慮《こうりょ》してくれる他人なんて、誰もいないという事でもある。

「イッチは……その、どう考えてる？」

「……どう？」

「あ、ごめんね、そんなの、今この場じゃ答えにくい事かもしれない、けど……」

せわしなく、視線を泳がせるルナ。

彼女は考えているのだ。

もしも、一悟が和奏を選んだとしたら、それを機に今のような関係性も解消しなくてはいけなくなるかもしれない。

ルナには、当然それを止める権利はない。

言葉には出さずとも、いや、言葉にしてしまえば否が応でも現実と直面しなくてはならなくなってしまうから——黙っているが、ルナの気持ちは痛いほど伝わってくる。

結局は、不安なのだろう。

そしてそれは、仕方のない感情だ——と、一悟も否定はしない。

「……それが、あれからまだ話が前に進んでいないんだ」

だから、一悟も正直に話す事にした。

不安にさせず、傷付けず、だからといって勘違《かんちが》いもさせないためには、粉飾《ふんしょく》していない事実だけを伝えるのが最善だ。

一悟は語る。

ドタバタのまま流れてしまった、昨夜の事。

そして、落ち着きなく過ぎていった、今日一日の事を。

「和奏さんの方から、それに関する話題も出なかったし、正直、あれが本心からの行動だったのか、何らかの事情があったのか、なかった事にしたいのか……ともかく、今のところ和奏さんの真意《しんい》がまったくわからないんだ」

「そう、なんだ」

「こちらから聞くのも……少し、気後れするというか」

「うん……」

その点に関しては、ルナも納得しているようだ。

「でも、このまま有耶無耶《うやむや》にしていいのかは、わからない。一瞬の気の迷いのようなものだったとして、白紙に戻したいと思っているとしても、そこもハッキリさせないといけない。一度、それとなく聞いてみるよ。どうなるかは、それからだから」

「うん……」

きちんと真面目に向き合い、今後の方針を固めた一悟。

それに対し、ルナは、瞬く間に崩壊が訪れるわけではない事に対する少しの安堵と、未来がまだ定まっていない事に対する不安、その二つが混じり合ったような、そんな表情を浮かべた。

「……それが、いいと思う」

そして、自分自身に言い聞かせるように、頷く。

※　※　※　※　※

——その翌日。

しかし、依然状況は変わる事なく、今日も一悟と和奏の間には微妙な空気が流れていた。

通常の業務は、共につつがなくこなしていく。

仕事に関する情報の共有は滞《とどこお》りない。

しかし、ふとした時に目が合ったり、二人きりになるシチュエーションになった際には、一見問題なく会話しているように見えて微妙な違和感が両者の間には横たわっていた。

そして、それはルナも同じだ。

昨日、彼女ときちんと情報共有を行い、少なからず心の緊張を解きほぐした一悟だったが、やはりそれでも気にはなってしまう。

仕事中、二人の動向が気になって上の空になり、何度か鷺坂に注意を受ける羽目《はめ》になってしまっていた。

さて——。

通常通り一日が過ぎ、店の看板の明かりが落とされる。

昨日と変わらず、進展を見せる事なく。

どうすればいいのか、どう話を持ち掛ければいいのか。

モヤモヤとした感覚を抱《いだ》いたままとなる一悟。

——その一方で、和奏も現状に対し思い悩んでいた。

「……はぁ」

容赦《ようしゃ》なく時間は経過し、迎えた閉店時間。

最後まで残っていた社員達も帰って行き、あと店に残っているのは……最後の雑務を終わらせている店長のみである。

和奏も退勤の時間だ。

更衣室で帰宅の準備をしながら、彼女は悩ましく溜息を吐く。

昨日も今日も、一悟とはどこかおかしな距離感が生まれてしまっていた。

やはり、彼もあの夜の事を気に掛け、引きずっているのだ。

それだけ、一悟も頭を悩ませ、自分の告白を本気で考えてくれているのか——と、喜ぶ事もできるのだろうが、そうポジティブな感想を抱いていられるほど彼女も脳天気《のうてんき》ではない。

「……店長に、言わないと」

このままでは良くないのもわかっている。

自分が行動を起こした結果、もう前のような関係には戻れなくなってしまった。

職場の上司と部下、同僚《どうりょう》という立場に、男女という要素の介入を提案してしまった。

辛《つら》い結果になるかもしれない。

こんな事なら、告白なんてしなければ良かったと、後悔《こうかい》に塗《まみ》れた日々が続くかもしれない。

……けれど、だからといって立ち止まっていては駄目なのだ。

自分の起こした行動の責任は、自分で取らなくては。

ただ単純に、自分を救うためには、それしかない。

「……やらなくちゃ。令《れい》ちゃんにも、言われたんだから」

今一度気合いを入れ直すために、和奏は昨日の回想をする。

遡《さかのぼ》る事、前夜。

仕事を終え自宅へと帰った後、思考が八方塞《はっぽうふさ》がりとなってしまっていた和奏は、親友の細江《ほそえ》令に電話を掛け、今回の件を相談していたのだ。

『は⁉　告白した⁉』

一人暮らしのマンションの一室。

部屋着に着替え、クッションを胸に抱えながら、和奏は携帯を耳に当てている。

顔を真っ赤にしながら報告を終えた和奏に対し、細江は驚き、呆《あき》れ交じりの溜息を吐いていた。

『まぁ、それを二日遅れで相談してくるっていうのも、あんたらしいけど……はぁ……いや、いきなりすぎでしょ』

『うぅ……だよね』

『もうちょっと段階というか……まぁ、あれか、あたしが焦《あせ》らせちゃったようなところもあるから、実質あたしのせいだよね』

『そ、そんなこと……』

いきなり告白をかますという和奏のとんでもない行動に呆れながらも、細江は自省《じせい》を示す。

そもそもの発端《ほったん》は、先日開催された二人の飲みの席。

一悟へ恋心を抱きながらも、なかなか行動に移さない和奏に、細江は言ったのだ。

『そんな真面目ちゃんのままじゃ、いつまで経っても平行線だよ？』『いいの？　それで』『あんた、もうすぐアラサーでしょ。いつまでも初恋を楽しむなんて余裕ないんだし、そろそろ腹括《はらくく》んないと』……と、発破《はっぱ》を掛けるような事を。

酔った勢いで言った事とはいえ、細江がそうやって煽《あお》った結果、和奏は今回のような行動に出てしまったのだ。

『……ようし、わかった。あたしも責任を持つよ』

『そ、そんな、令ちゃんの責任じゃ……』

そう言う和奏に、受話器の向こうの細江は何も言わない。

その沈黙から細江の決意を理解し、和奏は呟《つぶや》くような声で、『ありがとう……』と返す。

『でもさ、そこまで行ったなら、もう行くところまで行くしかないんじゃない？　あんたの本気を見せないと』

『本気？』

細江のアドバイスを聞きながら、和奏は首を傾《かし》げる。

『そう。あんたの本気というか、本心というか、好きだって気持ちを、誠実にぶつけるしかないんじゃないかしら』

『誠実に……』

『そもそも、別に間違った想いを伝えたわけじゃないんだしさ。好きでもない相手に好きだって言ったんじゃなくて、ちゃんと好きな相手に好きって言ったんでしょ?』

『う、うん……』

改《あらた》めてそう再確認させられて、和奏は顔が熱くなるのを感じる。

手元のクッションに、そのまま顔を埋めた。

『そんでさ、別に後はイエスかノーか、その答えを聞くしかない、ってわけでもないでしょ?』

『え?』

『あんたのことだから、多分告白したら後は答えが返ってくるのを待つしかないって思ってるのかもしれないけど、別にここからもアピールを重ねて、勝率を上げてくことだってできるんだからさ』

『な、なるほど……』

『はー、もう、どんだけ初心《うぶ》な真面目ちゃんなの、あんたは。流石《さすが》は眼鏡キャラ』

『め、眼鏡は関係ないでしょ……』

細江の漏らす呆れ気味《ぎみ》の声に、和奏は律儀《りちぎ》に突っ込む。

けれど、彼女に相談して良かった。

この抱えたモヤモヤを打破《だは》するための選択肢を、教えてくれた。

『ありがとう、令ちゃん』

『おう、まずは次の行動を起こしてみな。で、その結果を報告してちょうだい。そこから更に次の作戦会議を行うから。大丈夫、怖《こわ》がらず、自信を持ってね』

「……うん」

昨夜、細江に言われたその励ましの言葉に答えるように、そう呟き、和奏は決心をする。

数分後――。

帰宅の準備を終えると、更衣室を出て、バックヤードを進む。

店の退店口から出たところで、車を停めてある屋上駐車場には上らず、そこでしばらく待つ。

「あ」

「……あ」

そこに、業務を終えた一悟が現れた。

「て、店長」

「和奏さん……」

退店口から出てきた一悟の前へと、和奏は歩み寄る。

夜闇《よやみ》の中、一悟の姿がハッキリと目視できる距離まで近付くと、心臓の鼓動が一気に高まる。

「えっと、僕を待っていたんですか？」

「その……せ、先日のことですが……」

和奏がそう口にすると、一悟の顔に、一気に緊張感が広がった。

遂に来たか、と、そんな気持ちが伝わってくる。

和奏はグッと胸の前で拳《こぶし》を握り、懸命に言葉を紡《つむ》ぎ出す。

「いきなりあんな事を言われて、店長も困っていると思いまして……」

「……」

一悟は黙《だま》って、和奏が懸命に喋《しゃべ》る言葉を聞いている。

「その、まだお答えを返していただかなくて結構です」

「え？」

「その前に、一度……」

そこで一拍《いっぱく》置き、一度口内の唾《つば》を飲み込んだ後、何度も反芻《はんすう》していたその言葉を、和奏はハッキリと言い切る。

「その、デートをしませんか？」

「……デート、ですか？」

その提案に、驚いた表情を浮かべる一悟。

そんな彼に、和奏は続ける。

「三日後、私と店長の休日が被《かぶ》る日があります。あの、ご予定などなければ……」

頬を赤らめ、上目遣《うわめづか》いで、和奏は言う。

「店長に、一度、私を女性として見て欲しいんです」

※　※　※　※　※

「………」

そして、この時の二人は知るよしもなかった事だが——。

そんな会話を交える二人を、物陰《ものかげ》から見ている人物がいた。

ルナだ。

和奏よりも早く退勤し、それから今まで、一悟が出てくるのを待っていたルナが、そこにいたのだ。

「……イッチ」

一悟と和奏の——その会話を、それ以上聞いていられず、ルナはその場から静かに走り出した。

第二章　テレビ撮影と暴走

「デート、ですか……」

退勤《たいきん》後――裏口で一悟《いちご》が出てくるのを待っていた和奏《わかな》に、出会い頭そう提案された。

三日後、二人の休日が重なる日に、デートをして欲しい。

一度、自分を女性として見て欲しい――と。

いきなりの発案に、一悟も戸惑《とまど》いを覚える。

しかし、彼女の真《ま》っ直《す》ぐな視線に見詰《みつ》められている内に、思考に冷静さが戻ってきた。

そう、ここは冷静に、客観的に考えるべきだ。

今日一日、一悟も一悟で、今のような状況を打開するような方法がないかと、ずっと考えていた。

しかし、結局特に具体案を思い付けず、和奏とも上手《うま》く接することができなかったのだ。

それに対し彼女は、自分の突発的《とっぱつてき》な行動を悔《く》い改《あらた》め、逆に次の展開を用意することによって、このモヤモヤして停滞《ていたい》した空気を好転させようとしてくれている。

受け止めるべきだし、自分も、協力するべきだろう。

その真摯《しんし》な姿勢を理解し、だからこそ断るわけにもいかないと、一悟は思う。

「わかりました、和奏さん」

フルフルと、緊張から小刻《こきざ》みに震《ふる》えている和奏へ、一悟は頷《うなず》きを返す。

「その日は、僕も特に用事はありません。予定を空けておきます」

はっきりと、確固《かっこ》たる意思で、承諾《しょうだく》する。

「僕《ぼく》も、今の状態で性急《せいきゅう》に答えを示すことに、少し抵抗というか、違和感がありました。考えるための時間をいただけるというなら、僕としても助かります。ご提案いただき、ありがとうございます」

そう言って頭を下げる一悟に、和奏も慌《あわ》てながら「い、いえ、こちらこそ、ありがとうございます」と、安堵《あんど》したような、嬉《うれ》しそうな笑顔を浮かべて言う。

勇気を出した申し出に、これ以上ない返答を返してもらえた。

それゆえに溢《あふ》れ出した、紛《まぎ》れもない、裏表のない彼女の表情と声だった。

あの時の、朔良《さくら》に似ている――。

(……朔良?)

不意に、朔良との記憶を思い出してしまった。

つい最近、想起したばかりの事だったからなのかもしれない。

だからなのか、そんな記憶と重なった和奏に、どこか愛《いと》おしさというか、愛《あい》くるしさのような感覚を覚えてしまった。

「では、店長。追って、また日程等の詳細はお伝えしますので」

屋上駐車場へと共に上がり、和奏の車の前まで来たところで、彼女は言う。

「当日は、よろしくお願いします」

「はい、こちらこそ」

和奏は笑顔で会釈《えしゃく》し、そのまま自分の車に乗り込むと、駐車場から下りて行った。

一悟も彼女を見送ると、少し離れた場所に停車してある自身の車へと向かい、ドアの鍵《かぎ》を開ける。

「……ルナさん」

運転席に座り、エンジンを掛け、ハンドルに手を掛けたところで、だった。

そういえば――と、不意に、ルナのことを考える。

今日、彼女は一悟の帰りを外で待っていなかった。

ルナと一緒《いっしょ》に過ごしてきた、騒《さわ》がしく、悩《なや》ましく、そして少なからず楽しかった日々。

そんな時間を共有している内に、彼女の性格をある程度把握《はあく》してきていた一悟は、なんとなく、今日も彼女が一悟の帰りを待ち伏《ぶ》せしていそうな気がしていたのだ。

「……なんて思うのは、自意識過剰《じいしきかじょう》なのかな」

車を運転し、数十分――一悟はそのまま、帰宅する。

しかし、何か引っ掛かる感じがする。

ルナのことが、妙《みょう》に気になるのだ。

「うーん……」

リビングで仕事着から部屋着に着替えると、ソファに腰を下ろし、携帯を手に取る。

開いたメッセージアプリ。

何か、彼女に一声送ろうか悩む。

……が、この気掛かりをどう言葉にすればいいのかわからず、結局、気付けば『近々、また君の家に行ってもいいかい？』というメッセージを送っていた。

「いきなりすぎたかな……」

と思う一悟だったが、数秒後には既読《きどく》が付き、すぐに返信が返ってきた。

『うん、いいよ。明後日《あさって》の夜は、大丈夫《だいじょうぶ》？』

――と。

自然な感じの、この前と変わらない返答。

その返信を見て、一悟はひとまず安心する。

「明後日か……」

和奏とのデートの前夜だ。

時間としては問題ないが……この件に関しては、どう扱《あつか》うべきだろうか。

伝えるならば、伝え方も考慮《こうりょ》しなくては……。

そう考えながら、一悟は承諾のメッセージを返す。

……――そう。

――この時の一悟は、まだルナの本当の気持ちをきちんと察《さっ》せずにいた。

※　※　※　※　※

――その二日後。

「では、本日はよろしくお願いします」

「はい、こちらこそよろしくお願いいたします」

時間は正午《しょうご》。

店内にて、一悟は数名の男女の集団と話し合いをしている。

彼等は部外者ではあるが、取り扱っている商品メーカーの営業《ラウンダー》だとか、設備点検員だとか、そういった人種ではない。

清潔感《せいけつかん》のあるシャツとスカートを纏《まと》いマイクを握った女性に、カメラ等の機材を担《かつ》いだ男性達。

その集団のリーダーであるスーツに身を包んだ女性と、一悟は打ち合わせをしている最中である。

「全体的な流れとしましては、事前にお送りさせていただいた台本通りとなりますので」

「ああ、はい、一通り目を通させていただきました」

彼女達はテレビ局の人間である。

そう、本日一悟の店に、テレビ局の取材が来たのだ。

と言っても、いきなりの取材とかではなく、前々から本社より連絡も来ていた事案である。

最近流行の、お昼の情報バラエティー番組の撮影。

今巷《ちまた》で売れている雑貨商品や、おすすめの便利グッズなどを紹介するコーナーがあり、そのための取材に来たのだ。

「店長さんは自然体で、普通に受け答えしていただければ大丈夫です。あれを言うのはまずいとか、これは言わない方がいいとか、そこまで考えていただかなくて結構です。常識の範囲内で受け答えしていただければ、問題ないですので。あとは、編集で上手く作りますから」

「はい」

言われた通り、マイクを持ったレポーターの女性やカメラクルーと一緒に店内を巡回《じゅんかい》しながら、一悟は質問に答えていく。

テレビ撮影――と最初に聞いた時には驚いたが、実際に当日を迎えてみると、それほど緊張していない事に気付く。

タレントが店内を見て回って買い物をするような大掛かりな企画ではなく、あくまでもニュース番組のワンコーナーだ。

小規模な撮影のため、店内のお客さん達もそこまで注目していない。

しかし、女子大生アルバイトの佐々木《ささき》、石館《いしだて》、堀之内《ほりのうち》あたりは、ちょっと興味があるのか、チラチラと店内を行き交っては、カメラに見切れようとしているのがわかる。

「いらっしゃいませェー！　お手伝いすることがありましたら、なんなりとお声掛けくださいッ！」

体育大に通う大学生アルバイトの青山《あおやま》も、普段よりも大きな声で挨拶《あいさつ》をし、お客さんの積み込みの手助けをしている気がする。

（……朝礼で、テレビ撮影があるけど過度に意識しすぎないように、って言ったのにな……）

そこら辺は、彼等もまだまだ学生なんだなぁ、と内心苦笑する一悟。

さて――。

「なるほど、では最近は、使い捨てのまな板用シートや電子レンジ用炊飯《すいはん》タッパーなど、時短系の調理器具が多く売れていると」

「はい、忙しい朝の時間をより効率化するため、料理に関して楽をできるような品物が人気を集めていますね」

予定していた商品の紹介や、最近の雑貨店の販売傾向等のインタビューも終了。

最後に一悟とテレビクルーは、工作室へと向かう事になった。

現在の流行に合わせ、工作室設備のアピールを行うためである。

「この工作室では、場所と道具をお借りして色々なものを作る事ができます。最近では、DIYにご興味を持つ女性、それに子供連れの主婦の方を中心にリピーターが増え、定期的に開催しているレクチャー教室や工作教室も人気だそうです」

レポーターの女性の台詞《せりふ》と共に、カメラが工作室内を見渡すように撮影していく。

「また、わからないことがあれば、経験豊富なスタッフさんがサポートもしてくれます」

そこで、偶然《ぐうぜん》だった。

工作室内で清掃《せいそう》作業をしていたルナの姿が、カメラに映ったのだ。

「あら?」

ルナを発見したレポーターの女性が、彼女に興味を持つ。

経験豊富なスタッフ……と、台本通り言ったばかりだったが、見るからに学生アルバイトの彼女が目に付き、気になったのかもしれない。

「彼女が、工作室の担当さんなんですか?」

「ええ、一応」

一悟が答えたところで、ルナも、テレビクルーの集団が自分の事を話しているのに気付いたようだ。

作業の手を止め、こちらへとやって来る。

「あ、すいません、撮影の邪魔《じゃま》でしたか？」

心配そうに尋《たず》ねるルナに、プロデューサーの女性が「いえ、大丈夫ですよ」と答える。

「まだ若いのに、工作室の担当さんなんですか？」

と、続いてレポーターが問い掛けた。

「はい、一応、まだ見習いですが、先輩方に手助けをしていただきながら勉強中です」

笑顔を浮かべ、そう答えるルナの姿は清楚《せいそ》で初々《ういうい》しく、お嬢様《じょうさま》らしい魅力に溢れ、控《ひか》えめに言ってとてもかわいい。

レポーターもクルーの男性陣も、思わず見惚《みと》れてしまうほどだった。

「あの、すいません」

そこで、プロデューサーの女性が、ルナに声を掛けた。

「星神《ほしがみ》さん……ですね」

ルナの名札を見て確認すると、顔に穏《おだ》やかな笑みを浮かべる。

「是非、この番組の撮影に協力していただきたいのですが」

「え？　……私が、ですか？」

突然の申し出に、ルナも困惑《こんわく》する。

「はい。星神さんは見たところ、学生アルバイトですよね？」

「あ、はい、高校一年生です」

「高校生でありながらこの大きなお店の工作室の担当を任されている、それは凄《すご》いことです。そんなあなたから、このお店やお仕事に関する事を聞けたら、とても貴重《きちょう》なお話になると思うんです」

「は、はぁ……」

まだ戸惑い気味《ぎみ》のルナ。

しかし、隣《となり》に立つ一悟は、このプロデューサーの女性の言いたいことがよく理解できる。

同年代の学生と比べてもルナはしっかりとしており、加えて彼女はビジュアルも良い。

貴重な意見が聞けるというのもあるが、下世話《げせわ》な言い方をしてしまうと、番組的にテレビ映えするというやつだ。

「と言っても、そこまで緊張しないでください。少しインタビューをさせてもらうだけですので。このお店の良さや、仕事のやりがい等を自由に語っていただければ十分です。どうでしょう？」

「え、ええと……」

「そこまで真剣《しんけん》に考えなくても、気楽に構えて大丈夫だよ」

そこで、横から一悟が助け船を出す。

見たところ、彼女も別にテレビに映るのが嫌《いや》というわけではないようだ。

むしろ、貴重な体験なので、できるならやりたそうな感じが、そわそわした態度から見て取れる。

「ええ、番組の編成等の都合《つごう》によっては、もしかしたら放映しないかもしれないですし」

「そうですね……じゃあ」

ルナが、チラリと一悟を見上げる。

一悟も、そんなルナに微笑《ほほえ》み掛ける。

「君が嫌でなければ、問題ないよ」

「……はい、では、よろしくお願いします」

というわけで、急遽ルナもテレビ撮影に協力する事になった。

カメラの前で少し緊張気味に体を強張《こわば》らせているルナに、レポーターが質問をしていく。

内容は、工作教室やレクチャー教室に関する簡単なインタビューだ。

対し、ルナはしっかりと受け答えしていく。

特に失言等も、若者特有の軽い言葉遣いもない。

テレビだからといって舞い上がっている様子もなく、ちゃんと落ち着いて、節度《せつど》を持った応答となっている。

（……本当に、よくできている子だ）

「なるほど、では工作室へ配属されたのは偶然でもあったんですね」

そんなルナを見守りつつ、改めて感心している一悟の傍《かたわ》らで、レポーターは続いての質問を投げ掛ける。

「そもそも、星神さんは、どうしてこのお店に勤《つと》めようと思ったんですか?」

「はい……実は、ちょっと変わった経緯《けいい》がありまして……」

そこで、ルナは隣に立つ一悟へと、横目で視線を投げ掛ける。

「店長の釘山《くぎやま》さんに、ある日、困っているところを助けてもらったんです」

「へぇ、それは一体」

その話に、レポーターも興味を惹《ひ》かれたように相槌《あいづち》を返す。

「学校からの帰り道、お酒に酔《よ》った方に声を掛けられ困《こま》っていたところを、釘山店長が間に入って助けてくれたんです。怖《こわ》くて、どうしていいのかわからなかったので、とても嬉しくて……」

そう語るルナは、視線を落とし、少し顔を紅潮《こうちょう》させている。

「それから、釘山さんがこちらのお店の店長であると知り、興味を持ちましてアルバイトとして採用していただいたんです」

「へぇー、そうだったんですね。じゃあ、店長さんを追い掛けて来た、ということですね」

「はい。でも、今ではこのお仕事が純粋《じゅんすい》に好きで働かせてもらっています。工作をすることの楽しさを知って、とても優しくて親切な方々に助けられながら仕事をさせていただいて、こ

tvGA

のお店が大好きで働いています」

「そうなんですね、それは良かったですね」

純粋で無垢《むく》な言葉と表情。

ルナの紡《つむ》ぐ純度の高い言葉に、レポーターも彼女の気持ちに共感するように笑顔を浮かべる。

「はい……ただ」

そこで、だった。

再びルナが、一悟を見遣《みや》る。

ただし、それまでに何度か向けていたものとは違う。

別の意味で、熱の籠《こ》もった視線を。

「こうして一緒のお店で仕事をさせていただくようになって……釘山店長への憧《あこが》れの気持ちも、更に強くなりました」

いきなり何を言い出すんだ——と、ルナの発言に、一悟も緊張した面持ちになる。

「頼り甲斐《がい》があって、男らしくて、お店のスタッフのみんなから慕《した》われていて、とても素晴《すば》らしい方で……こんな大人の人に出会えて、とても幸せだと思っています」

などと、潤《うる》んだ眼で、熱い視線を伴《ともな》って言うのだ。

その言葉に込められた意味を理解できる一悟としては、気が気ではない。

「熱烈《ねつれつ》なラブコールですね ー」

「ははは……そこまで言ってもらえて、嬉しいです」

レポーターは、単純にルナが一悟を大人として尊敬《そんけい》しているのだと、そう思っているのかもしれない。

一方で一悟は、苦笑いしながらも内心ドキドキである。

直接的な表現はしていないものの、肝《きも》が冷える思いをした一悟だった。

※　※　※　※

「今日は、ありがとうね。急遽《きゅうきょ》、テレビ撮影に付き合ってくれて」

「うん……」

「一応、明日の昼にオンエアがあるみたいだけど、ルナさんは学校だよね。お店で録画しておくよ」

その夜。

一悟は、再びルナの家に来ていた。

女子高生が一人暮らしをするには少し広めの、マンションの一室。

先日の約束通りの来訪《らいほう》である。

彼女に、話しておかないといけない事があるからだ。

「イッチ、今日は夕飯の用意はしなくてもいいって言ってたけど……」

「ああ、今日もご飯を一緒に作ろうと思って」

部屋に上がったところで、一悟は買い込んできた食材を見せながらそう言った。

「この前は、僕がご馳走《ちそう》してもらったから、今度は僕がご馳走するよ」

「いいの？　お仕事帰りで、疲れてるでしょ？」

「昼間、テレビ撮影に協力してくれたお礼だよ」

と言いつつも、それで、先日は良い感じの雰囲気《ふんいき》になれたので、一悟なりの気遣いというか根回しの目的もある。

「大丈夫、大丈夫」

「じゃあ……お願いします」

一悟の提案に、ルナは薄《うっす》らと微笑《びしょう》を浮かべながら、ぺこりと頭を下げる。

と言っても、待つばかりなのは性に合わない彼女なので、「今日は私が副菜《ふくさい》を用意するね」と、一緒にキッチンで作業する事になったが。

何はともあれ、ルナも喜んでくれているようだ。

というわけで、今夜も一緒に料理を用意する二人。

調理が完了すると、二人で食卓を挟《はさ》む形となる。

ちなみに、今回一悟が作ったのは、魚介類《ぎょかいるい》をふんだんに使ったパスタだ。

……一応、ルナが最初に一悟の家に押し掛けて来た時に、彼女が持ってきた食材を再現して、作ったものである。

ルナとの辛《つら》い記憶を上書きできるならと思いやってみたのだが、今更《いまさら》ながら少し無神経すぎたかな……と、心配になってしまった。

「おいしい！」

しかし、ルナはそんな一悟の心配を気にもせず、パスタに舌鼓《したつづみ》を打ち、感動したように目を輝かせてくれた。

「やっぱり、イッチの方が私よりも料理上手《じょうず》だよ」

「いやいや、そんなことないよ」

よし、和《なご》やかな空気だ、前と同じように。

その手応えに、一悟は内心で張っていた緊張の糸を緩《ゆる》めた。

……緩めてしまった。

「はい、コーヒー」

「ありがとう」

食事も終わり、ルナが食後のコーヒーを淹《い》れてくれた。

出されたマグカップに口を付け、温かく苦みのある液体を口に含む。

「……ねぇ、イッチ」

そこで、対面に座るルナが、おずおずと口を開いた。

「和奏さんとは、その……」

「ああ、その後の経過《けいか》だったね」

今日の本題に入った。

一悟も、口調こそ深刻《しんこく》な風にならないように気を付けているが、どう言葉を選んで伝えるべきか頭の中を高速回転させている。

「あのね……一昨日《おととい》の夜」

そこで、ルナは一悟の想定していなかった事を口にした。

「私、バックヤードの外で、イッチが帰るのを待ってたんだ」

「……え」

一悟はルナを見据《みす》える。

ルナは視線を泳がせている。

その態度で、必然、彼女が何を言いたいのか予想できてしまった。

「ほら、ずっと前、まだ私とイッチが出会ったばかりの頃。私、イッチにお弁当を届けにお店に行ったことがあったでしょ」

ああ、あった。

本当に、衝撃的な出会いから二日続けての、衝撃的なイベントだった。

「その夜に、イッチからお弁当箱を返してもらうためにまたお店に行って、その時に待ってた発電の設備の近く。一昨日の夜も、あそこで待ってたんだ」

そんな思い出話を、自身の心を落ち着かせるためのインターバルかのように挟み、ルナはついに、本題を口にする。

「そうしたら……和奏さんとイッチが話してる声が聞こえてきて……」

ルナは、先日の閉店後の、一悟と和奏の会話を聞いていたのだ。

そうか、あそこに、彼女はいたのか。

「……でね、私、聞いちゃいけない気がして、すぐにその場から走り出して……」

目を合わせないまま、ルナは一悟に問う。

「どうなったのか、気になる……」

「……ああ」

であるなら、もう言い逃れはできない。

正直に話さなくては。

「明日、和奏さんとデートする事になった」

「………」

「和奏さんも、本気で僕に対し好意を向けてくれている。だから、僕としても、和奏さんの意思を尊重《そんちょう》して、時間は掛かるかもしれないが、答えを出さなくちゃいけないと思っている」

「……」

沈黙《ちんもく》するルナ。

一悟は、彼女が口を開くのを待つ。

——やがて。

「……あのね」

ルナが、声を発した。

「今日の、お店の、テレビ撮影の時、私、イッチに憧れてるって、色々、言っちゃって……本当は、少し恥《は》ずかしかったんだ……だって、本当の、本心だから」

「……ルナさん」

焦《あせ》ったように話すルナの顔は、目が伏せられ、表情も見えない。

だが、彼女の気持ちも、彼女の伝えたいことも、よくわかる。

ルナだって、本気だ。

それは、一悟もわかっている。

わかっているが、今走り出してしまっているこの現実を、どうすることもできない。

焦燥《しょうそう》、一悟への想い、様々な感情がルナの中で暴走し掛けているのかもしれない。

「ルナさん、わかってるよ。その……君のことも心配してる」

椅子《いす》から腰《こし》を上げ、ルナに近付く一悟。

俯《うつむ》いた彼女と頭の高さを合わせるために、膝《ひざ》を折る。

「だから、君にも、ちゃんとこの話については……」

その瞬間、ルナが動いた。

跳《は》ねるように立ち上がり、正面から一悟に抱きついた。

いてもたってもいられなくなった、というように。

「あっ……」

その勢いで、一悟は数歩たたらを踏《ふ》み、バランスを崩して近くのソファに倒れ込む。

必然、ルナは一悟に覆《おお》い被《かぶ》さり、首元に顔を埋めるような体勢となった。

すぐ真横に見えるルナの頭部。

黒く美しい髪《かみ》から、柑橘《かんきつ》系の整髪料の匂《にお》いが香ってくる。

彼女の匂いに、彼女の柔《やわ》らかさに、彼女の体温に、感覚が満たされる。

胸が締《し》め付けられ、一悟は言葉を止めた。

「……ルナさん」

「……嫌」

――一悟は、見誤《みあやま》った。

昼間のルナの、しっかりとした姿を見ていたからか。

彼女が、脆《もろ》く不安定で、一悟に依存《いぞん》し掛けている少女だということを。

そして、その想いが危険な領域にまで高まっている状態だということを、しっかりと見抜けていなかった。

誠実で、きちんと相手に対して誠意を示し、答えを出そうとする。

そんな一悟に、あの和奏なら、相応《ふさわ》しい相手かもしれない。

一番お似合いの相手かもしれない。

そうなることが、自然の摂理《せつり》なのかもしれない。

そう、自身の首を絞《し》めるような、自虐的《じぎゃくてき》な思考をしてしまった。

だから——和奏に、一悟を奪《うば》われたくない。

自分も和奏のように、強く、無理矢理にでも行動を起こさないといけないと——そう思ったのかもしれない。

その想いが、暴走してしまった。

突然の抱擁《ほうよう》に動揺《どうよう》する一悟。

その隙《すき》を突き、ルナは一悟の首筋《くびすじ》に顔を近付ける。

まるで、子供が親に甘えるような仕草《しぐさ》に、一悟も反応のしようが見当たらず——。

直後、首に走った一瞬の感覚。

柔らかい感触に皮膚《ひふ》を食《は》まれ、鈍い痛みを感じるほど吸い付かれる、そんな感覚に、慌ててルナを引き剝《は》がす。
首に触れる。
ルナの唇《くちびる》が触れていた箇所に。
しっとりと、彼女の唾液《だえき》と吐息《といき》の混じった湿気《しっけ》が、皮膚に残っている。
鏡《かがみ》を見なければわからないが、確認するまでもないと思った。
——キスマークを付けられている。
「ルナさん……」
動揺を隠し切れない表情の一悟に対し、ルナは、その正面に立つ。
立ち向かうように、泣きそうな顔と目で。
濡《ぬ》れた瞳——その目の中に、粘《ねば》ついた炎を宿して。
執着心《しゅうちゃくしん》を宿して。
「私、イッチを取られたくない」
誤魔化《ごまか》しも、嘘偽《うそいつわ》りもない。
純粋で痛烈《つうれつ》なほどの、絞《しぼ》り出すような彼女の本音が、一悟の鼓膜《こまく》を痺《しび》れさせた。

第三章　和奏七緒

釘山一悟《くぎやまいちご》と和奏七緒《わかななお》の出会いは、いつだったろう。

不意に、一悟はそんなことを考えた。

一悟と彼女の、馴れ初《なそ》めの記憶――。

出会ったのは、今も働いているあの店だ。

初めて同僚《どうりょう》となった時の職位は、一悟は副店長、和奏はＦＬ《フレンドリー》ラインマネージャーだった。

他の店舗から異動してきて、しかもＦＬラインマネージャーになるのは初めてだった和奏。

最初の頃、色々と不慣《ふな》れな部分もあった彼女を、一悟がよくサポートしていた。

と言っても、彼女は優秀だったので、特に手を焼いた記憶なんてない。

何でも自分一人で溜め込んで、自分だけで解決しようとする彼女が気に掛かり、さりげなく手助けのようなことをしていたくらいだ。

そんな一悟へと、率直《そっちょく》に感謝と尊敬《そんけい》の念を示す彼女に対し、まったく好意を抱《いだ》いていなかったのかと問われれば、そうとは言い難《がた》い。

けれど、それはあくまでも職場上での関係。

You are
the daughter of
my first love.

男女のそれとは別の意識だった。

そこから間もなく、当時の店長が異動で店舗からいなくなり、持ち上がりで一悟が店長、和奏が副店長となった。

一悟は初店長ながら、いきなりのSランク店。

会社からの信頼は厚いものの、それでも不安要素は多い。

そこで、当時から評価の高かった和奏が副店長となって、サポートを行うという形になった。

そこからは立場が変わり、逆に色々と彼女に助けられる関係性になった。

そう考えてみると、彼女とは結構長い付き合いになっている。

職務上、互いに支え合い、一緒《いっしょ》に歩いてきた。

当たり前になってしまっていたけど、彼女がいることを自然に思っていた。

……和奏の方は、違ったのだろうか。

一悟のことを、一人の男として、異性として、ある時から意識するようになっていたのだろうか。

——ある時から、朔良《さくら》を意識するようになった、一悟のように。

※　※　※　※　※

――……ルナと一悟が対峙《たいじ》した夜が明け、翌朝。

「おはようございます、和奏さん」

「お、おはようございます」

一悟の家の前に、車が停まる。

玄関先《げんかんさき》で待っていた一悟は、運転席から降りてきた女性に挨拶《あいさつ》をした。

挨拶をされた彼女――和奏も、慌《あわ》てて挨拶を返す。

今日の彼女は、当然だがいつもの仕事着ではない。

だからといって、出張時のような全体的に大人しめなラフな格好《かっこう》、というわけでもない。

上はラベンダー色のリブニット。

ネック部分が大きく開いており、両肩《りょうかた》が露《あら》わとなっている。

下は白色のスカートだ。

今の季節に合わせた穏《おだ》やかな色合い。

肩を大きく露出した大胆《だいたん》な格好ながら、上品な色っぽさが窺《うかが》える、そんなコーディネートである。

対し、一悟の方も、ジャケットにタイトなジーンズで、髪型をセットしているなど、いつもとは一風変わった格好をしている。

今日のイベントがイベントなので、身なりはそれなりに気を使ったつもりだ。

「お待たせしてしまって、申し訳ありません」

「いえいえ、全然。ここ、僕《ぼく》の家なので」

少し緊張気味《ぎみ》なのか、あわあわする和奏にフォローを入れる一悟。

落ち着きがないような、浮き足立っているような。

なんだか、少し前くらいから、彼女のこういう面をよく目にするようになった。

仕事中はしっかりした姿しか見たことがなかったので、なんだろう……。

なんというか、新鮮だ。

「店長、どうされたんですか？」

「え？」

そこで、和奏が「ここ……」と言いながら、自身の首筋《くびすじ》を指し示す。

そう――一悟の首に、絆創膏《ばんそうこう》が貼《は》られているのに気付いたのだ。

「あ、ああ」

慌てて、一悟は首筋の絆創膏を手で覆《おお》い隠《かく》す。

「ちょっと怪我《けが》をしてしまいまして……」

目を泳がせ、動揺《どうよう》を滲《にじ》ませながら言う一悟。

そんな一悟に、和奏は不思議そうな顔をする。

「さ、さてと！　今日は、どこに行きましょうか！」

それを更に誤魔化《ごまか》すように、一悟は元気良く声を発した。

そう、今日はデート。

和奏から誘われた、デート当日である。

「とは言ったものの、特に何も考えてなくて……えーっと、すいません、こういう時は、やっぱり僕の方が色々とプランを用意しておくべきでしたよね……」

「い、いえ！　誘ったのは私の方ですから！」

自責《じせき》の念から落ち込む一悟をフォローしつつ、和奏は自身の車を指し示す。

「どうぞ、乗ってください。向かう場所は、もう決めてあるので」

※　※　※　※　※

「やっぱり、和奏さん運転が上手《じょうず》ですね。全然、揺《ゆ》れがない」

「ふふふ、ありがとうございます」

和奏が運転する車に乗って、二人は街中へと向かう。

そして辿《たど》り着いたのは、大型のショッピングモールだった。

何棟にも分かれて施設が併設された、ここら一帯の地域の中では一番の規模を誇るモール。

中にはブランド店から１００円ショップまで、およそ２００近い店舗が軒《のき》を連ねている。

平日ながら、モール内はかなりの数の客で賑《にぎ》わっていた。

「どこか、行きたいお店があるんですか？」

「ええと、お店というか……」

そんな中、一悟は和奏に先導されながら、目的地へと向かっている。

「あ、ここです」

「ここは、映画館ですか？」

やがて、目的の場所に到着する。

モール内の一角にある、映画館だった。

「はい、以前から気になっていた映画が上映されていまして……」

和奏が、もじもじしながら一悟に視線を流す。

「良ければ、店長と一緒に観たいと……」

（……映画、か）

デートとしては、正に王道といった感じだ。

一悟自身、映画館に映画を観に来たのは、数年ぶりかもしれない。

「いいですね、行きましょう。ちなみに、気になる映画って？」

「あ、これです。この映画、前から観てみたかったんです」

ちょうど、入り口付近に上映中の映画のポスターが貼られており、その内の一つを和奏が指さす。

確か、前々からテレビでも宣伝されていた、話題のラブロマンス映画である。

「ああ、知ってます、これ。外国で何かの賞を取ったとかで有名なやつですよね」

そこで一悟は、ポスターの下部に表示された上映時間のリストを確認する。

「もう間もなく、次の上映時間みたいですね。早速《さっそく》、入っちゃいましょうか?」

「は、はい、そうですね」

一悟の提案に、和奏は笑顔で答える。

二人は揃《そろ》って入館し、エントランスでチケットを買う。

「何か飲み物を買っていきましょうか?」

「はい」

近くの売店で一緒にドリンクも買って、指定されたシアタールームへ。

「大きいですね、ドリンクのカップ……私が頼んだMサイズでも、こんなにあるなんて……」

「アメリカ基準なのかもしれないですね」

席について、肘掛《ひじか》けのドリンクホルダーに買ってきた飲み物を置く。

上映時間が来るまでパンフレットを読みながら雑談をしていると、その内に照明が落ちて、薄暗《うすぐら》い空間の中、映画が始まった。

「………」

「……」

——内容は単純な物語だった。

外国を舞台に、一人の男性に片思いの恋心を抱く女性の主人公が、一途《いちず》な想いを抱いて、抱き続けて、同じく彼を愛するライバルにも負けず、追い掛けて……そして最終的に、想い人と両想いになって結ばれる。

そんな古今東西《ここんとうざい》、どこにでもありそうな恋愛ストーリー。

主演女優の演技が胸に迫り、なるほど、確かに良い映画だと思った。

……でも。

そんな映画の内容よりも、一悟の記憶に残ったのは……。

「……」

両想いになった二人が遂《つい》に結ばれる、最後の場面。

教会の中、ステンドグラスから差し込む光に照らされ、祝福を受けながら口付けを交わすシーン。

ふと、一悟は隣《となり》に座る和奏の姿を見た。

その時、彼女の浮かべていた表情は——。

暗闇の中でもわかるほど頬《ほお》を真っ赤《まか》に紅潮《こうちょう》させ——とても嬉《うれ》しそうな、スクリーンの向こうの二人の幸福を喜ぶような、そんな顔をしていた。

その顔が、とても魅力的に感じられて。

映画の内容以上に、心が刺激されたのだった。

※　※　※　※　※

「映画、良かったですね」

「はい、とても感動しました。ご一緒に観ることができて良かったです」

映画館を出た後、二人は近くのカフェで昼食を取る事にした。

「出演者全員、とても演技が上手で、あのサブヒロインの娘も良かったですね。でも、やっぱり、主演女優の方の演技が一番というか、途中で何度も泣いてしまいました」

「ははは、僕もです」

和奏は興奮覚めやらぬ様子で、映画の感想を述《の》べている。

その楽しそうな姿に、一悟も自然と笑みが零《こぼ》れた。

「特に、ラストが良かったですね。私、とても幸せな気分になりました」

「え、あ、はい、そうですね」

その和奏の言葉に、一悟はドキッとしながら応答した。

あの時、ふと目がいってしまった彼女の横顔の方に見惚《みと》れていて、そちらの方が記憶に残っ

ているなんて、流石《さすが》に恥《は》ずかしくて言えない。

さて、昼食を終え、その後。

「さて、と……これから、どうしましょうか」

カフェの外に出ると、一悟は和奏へとそう切り出す。

ひとまず、本日最初の目的は達成した。

和奏の中では、他に予定は立っているものなのかと思い、そう、彼女に尋《たず》ねてみる。

「ど、どうしましょう」

それに対し、和奏はおどおどした様子でそう返した。

どうやら、この後のことは特に考えていなかったようである。

「あ、店長が行きたいところ等あれば、私は……」

「じゃあ、ぶらぶらと中を見て回りましょうか」

しどろもどろになった彼女をフォローするように、一悟が人の行き交うモール内を指さして言う。

「和奏さんは、何か欲しいものとかはありますか？　見ておきたいものとか」

「あ、それじゃあ……」

そこで、和奏はおずおずと一悟に提案する。

「新しい服を見たいので……店長も、一緒に選んでもらえますか？」

「いいですね。じゃあ、僕は家具を新調しようかと思っているので、それに付き合ってください」

そう言うと、和奏は安堵《あんど》したように微笑《ほほえ》みを浮かべ、頷《うなず》く。

「はい、喜んで」

というわけで、昼食を終えた一悟と和奏は、一緒にショッピングモール内を回ることにした。

それこそ、王道の——普通の恋人同士のように。

ウィンドウショッピングをしたり、一緒に雑貨を見たり——そして彼女の要望に沿い、新しい服も見て回ることにした。

「店長、どうでしょうか？」

とあるアパレルショップに入り、和奏に似合う服を選ぶことにした二人。

そこで和奏が、一着の服を自身の体の前に当てながら、一悟に問い掛けた。

「気に入ったんですか？」

見ると、傍《かたわ》らに持った籠《かご》の中に、いくつか服が入っている。

結構、気になる服を見付けたようだ。

「良ければ、試着してみては？」

「え？」

そう言うと、和奏は一瞬ドキッとした表情になる。

しかし直後、意を決したようにギュッと両目を瞑《つむ》る。

「わかりました、店長の正直な感想も聞かせてください」

「？　あ、はい」

どこか気合いを込めたような彼女の物言いに首を傾《かし》げつつも、一悟は共に試着室へと向かい、彼女の着替えを待つ。

やがて。

「ど、どうでしょう？」

着替えが完了し、和奏がカーテンを開けた。

その姿を見て、一悟は思わず鼓動《こどう》を跳《は》ね上げさせてしまった。

彼女が試着した服は、上はシースルー気味の長袖《ながそで》カットソー。

そして下は、ボタン吊《つ》りの黒のミニスカートだった。

ボディに密着する服装により、和奏の決して控《ひか》えめではない胸が強調され、ミニスカートの下からは太腿《ふともも》から足先にかけて大胆に露わとなっている。

「い、いいと思います」

顔が熱くなる。

一悟はその姿を直視できず、思わず視線を逸《そ》らしながら言った。

「あ、あはは、たまにはこういう服に挑戦してみるのも面白いかと思いまして……ちょ、ちょっと若作りしすぎかもしれませんね」

一悟の反応を見て、慌てた様子で言葉を連ねる和奏。

……もしかしたら、一悟を誘惑するために、少し挑戦的な格好をしてみる必要があるかもしれないと、そう思ってこの服を確保していたのかもしれない。

そこで一悟に試着を勧《すす》められ、こうなったら――と、挑戦したという形か。

すると、その時、試着室内のハンガーに掛けていた服が床《ゆか》へと落ちた。

「あ……いけない、商品なのに」

それに気付いた和奏が、拾《ひろ》おうと、振り返って腰《こし》を曲げる。

「わ、和奏さん！」

和奏は気付いていない様子だが、体勢的に、彼女の下着が一悟には見えてしまっている。

「こういう服を着ている場合は、もう少し後ろに気を付けた方が！」

「……え？　あ！」

自身の粗相《そそう》に気付いた和奏は、顔を真っ赤にして、慌ててカーテンを閉めた。

「も、申し訳ありません、お目汚《めよご》しを！」

「い、いえ、お気になさらず……」

和奏はまだ緊張しているようで、どこか反応が過敏《かびん》というか、そそっかしい雰囲気《ふんいき》がある。

お店で商品を落としそうになったり。

途中の売店で買ったドリンクも落としそうになったり。

一瞬はぐれてしまった際には、和奏が一悟を探し回って少し遠くのエリアまで行ってしまって、若干《じゃっかん》迷子のようになってしまったり。

こんな感じで失敗を繰り返し照れて真っ赤になる彼女を、その都度一悟はフォローしていった。

「す、すいません、色々と騒《さわ》がしくて……」

「いえいえ、いいですよ。楽しいですから」

モール内を歩きながら、若干落ち込み気味の和奏を、一悟はそう言って励《はげ》ます。

すると、和奏はチラリと一悟を見上げ。

「……なんだか、昔を思い出します」

ふと、そう言葉を漏《も》らした。

「私達が、今の職場で一緒に仕事をするようになった、はじめの頃。私は、店長に多くのことで助けてもらっていました」

「そうですか？　僕は、それほど手助けをしたという感覚はありませんよ」

別に、彼女との思い出がないと言っているわけではない。

それくらい、和奏は優秀な社員だったのだ。

「はい、きっと、店長にとっては大した気遣いでもなかったのだと思います。でも、私にとっては、そんな店長のさりげない優しさが積み重なっていって、どんどん好意が増していきました」

言って、和奏は微笑《びしょう》を湛《たた》える。

上気《じょうき》した頰、潤《うる》んだ瞳《ひとみ》、身に纏《まと》うラベンダーの香り——すべてが愛《いと》おしく、一悟の感覚を支配する。

とても、魅力的だ。

やっている事は、いつもと変わらない気もするのに。

（……けれど）

そこで一悟は、このデートの直前に抱いていた自身の疑問を思い出す。

——互いに支え合い、一緒に歩いてきた。

——当たり前になってしまっていたけど、彼女がいることを自然に思っていた。

——和奏の方は、違ったのだろうか。

——一悟のことを、一人の男として、異性として、ある時から意識するようになっていたのだろうか——と。

そういえば彼女は、先日、地域店長会議の出張の際、あのサービスエリアの展望台《てんぼうだい》で自分に語ってくれたのだ。

好きな人がいる——と。

自分はその人のことを、いつの間にか好きになっていた——と。

（……いつの間にか……自然に）

意識していなくたって、人は人を好きになっているもの。

恋に落ちているもの。

そんな風に考えると、まるで彼女と自分の物語が、あたかも恋愛漫画か小説のような、理想的なもののようにも思えて。

そして彼女も、そんな物語の中の立派《りっぱ》なヒロインなのだと、そう思った。

恋愛映画なんて観たからだろうか。

どうしてか、そんな風に思考が働いてしまう。

あの映画の主人公達のように、和奏を一人の女性、彼女……恋人と考える。

そうするとなんだか、先を歩き、目に映る光景に立ち止まり、楽しそうに反応している彼女の姿が——今この瞬間、この時間に心を躍《おど》らせている彼女が——そんな彼女を中心とした当たり前のはずの風景が、いつもとは違う新鮮な気持ちで見られる気がした。

「あ」

そんな風に考えながら、彼女と一緒に散策《さんさく》していると、ふと、入り口付近のショーウィンドウに世界中の様々なお酒が並んでいる店を発見した。

「あ、酒屋《さかや》さんなんかもあるんですね」

店の看板を見て、一悟が言う。

一方、和奏は陳列《ちんれつ》された商品に目を奪われている。

ガラス越しに並ぶワインやウィスキーに、興味を惹《ひ》かれているように。

「お酒好きなんですか、和奏さん」

「あ、ええと、ちょ、ちょっと好きです」

酒好きと思われたらどうしよう——と、思ったのか。

慌てて誤魔化そうとする、その仕草《しぐさ》がかわいらしい。

「僕も好きですよ」

そんな和奏をフォローするように、歩み寄るように、一悟は穏やかな声で会話する。

「さっきお昼ご飯を食べたお店の、あのローストビーフ。おいしかったけど、お酒にも合うだろうなと思ったりしましたし」

「あ、私も思いました！　ローストビーフを細く刻んで、コチュジャンと混ぜてゴマを掛けて、卵黄《らんおう》を載せてユッケ風にするとおいしいんですよ！」

お酒の話題になるや否や、和奏の声のトーンが少し高まったのがわかった。

本当に、お酒が好きなんだということが伝わってきて、一悟はふと微笑を浮かべていた。

「ああ、確かに、それはおいしそうですね」

凄《すご》く自然体で、和《なご》やかな会話。

不思議だ。

彼女と一緒にいる状況に、心が和《やわ》らぐ感覚を覚える。

それとは別に、先程の——自分に多くのことで助けてもらったと語っていた時の彼女の顔を思い出すと、心臓《しんぞう》が高鳴って顔が熱くなる。

彼女は、このデートの約束の際、自身を女性として意識して欲しいと言っていた。

……こういうことか、と、改《あらた》めて和奏の女性としての魅力を理解する。

それほどまでに、強い存在となっていた。

ルナのことを、忘れてしまうほどに……。

「………」

そう。

いつの間にか、心の中で気に掛けていたルナのことを、意識していない自分に気付く。

和奏と一緒にいれば、こんな風に、何事にも気兼《きが》ねする事のない、自然体で楽しい日々が過ごせるのかもしれない——……。

※　※　※　※　※

——そして、一日が終わり、夕方。

和奏とのデートは、ここまでである。

時間的に少し早いと思われるかもしれないが、明日、一悟は朝から他の店舗で研修があるため、今日はどちらにしろ、この時間までの約束となっていたのだ。

「今日は、その、ありがとうございました」

一悟の家の前に、和奏の運転する車が到着する。

車から降りた一悟へと、同じく運転席から出てきた和奏が向かい合い、頭を下げた。

「いえ、こちらこそ。僕と一緒で、楽しめてもらえたなら良かったのですが……」

「と、とんでもありません！　とても楽しかったです！」

慌てて言い返す和奏。

その勢いに、一悟も思わず身を引く。

しかし、その直後、一転して肩を窄《すぼ》めると、和奏は表情を暗くした。

「そ、その……店長は、いかがでしたか？」

そして、一悟へとそう問うてきた。

「店長の、感想を、聞かせて欲しいです」

「感想……」

そう質問する和奏は、少し寂《さび》しそうだ。

今日一日、本当に楽しかった。

可能なら、もっと一緒にいたいと思っているのかもしれない。

……でもそれは、少なからず一悟も同じ気持ち。

和奏の姿とその素直《すなお》な想いに、一悟は自身の心が熱を持ち、強く惹かれていくのを実感する。

「その……こんな感想は、おかしいかもしれませんが……」

一悟は和奏に、自身の正直な気持ちを伝える。

「とても、気が楽になりました」

「え……」

「せっかく、こうして時間をいただけたのだから、いっぱい話をして、僕の知らない和奏さんの一面を見ようと、見抜かないといけないと、そう思っていたんです。けれど、なんて言うか……思った以上に、和奏さんは和奏さんのままで、安心しました」

一悟の発言に、呆《ほう》けた顔を浮かべる和奏。

言葉を失っているのかと思い、一悟は慌ててフォローを追加する。

「いや、だからといって、和奏さんを女性としては見られないとか、そういう意味じゃありません……和奏さんが恋人だったら、とてもいいなと、そう素直に思いました」

「………」

和奏は黙《だま》っている。

しかし、頬に額《ひたい》、そして首元から肩まで徐々に熱を持ち、赤く染まっていく様子から、かなり恥ずかしそうなのが伝わってくる。

そんな彼女に、一悟は意を決して言う。

「ええと、もう少し、もう一度だけ、時間をくれませんか？　また、こうやって一緒に休日を過ごしてみませんか？」

そう言うと、和奏はハッとした表情になり、そして、嬉しそうに笑顔を湛える。

「は、はい、喜んで」

不思議な空気が二人を包む。

互いに、むず痒《がゆ》いような、けれど不快《ふかい》ではない、くすぐったい感覚を覚える。

二人の心が、ゆっくりと、しかし着実に、しっかりと歩み寄り、そして触れ合いそうになっている。

――そこで、風が吹いた。

季節に伴《ともな》う鋭《するど》い秋風《あきかぜ》が、その場を駆《か》け抜けた。

緊張から、首を搔《か》いていた一悟は、その時まで気付かなかった。

首の絆創膏が、剝《は》がれ掛けていることに。

「あ、店長、絆創膏が……」

絆創膏が完全に剝がれ、風に攫《さら》われ舞っていく。

その下に隠していたものが――唇《くちびる》のように紅色《べにいろ》に変色した肌《はだ》が、完全に和奏に見られてしまった。

「……あ」

慌てて、一悟は首筋を手で覆い隠す。

迂闊《うかつ》だった。

完全に、油断していた。

（……見られた？）

和奏を見る。

すぐ目の前の彼女は、呆けたような表情をしている。

その何とも言えない表情……違和感を覚えているような表情に、一悟の直感が働いた。

まずい――と。

「あ、ええと。と、とりあえず、今日はこれで。次の機会は、また、お互いの予定がハッキリしたら決めましょう」

「は、はい」

そう、無理矢理、一悟は会話を締《し》め括《くく》る。

何はともあれ、その日はそれで彼女とお別れになった。

※　※　※　※　※

「………」

――自身の車を運転し、和奏は帰路についている。

運転しながら思い返しているのは、今日一日の楽しい記憶……ではない。

先程の一悟の首の事だった。

絆創膏が剝がれ、その下に見えたもの……。

あれは、怪我じゃなかった。

痣《あざ》だった。

何か、赤い、でも腫《は》れというわけでもない、うっ血したような皮膚《ひふ》の変色。

「あれって……」

そこで、彼女は脳内《のうない》に浮かんだワードを明確に意識し、頰に熱を帯びさせる。

和奏自身、そういった知識がないわけではない。

親友の細江《ほそえ》との会話の中で聞いたり、時々読んでいる漫画や観ているドラマにも、そういった描写はあり、当然知っている。

あれは、キスマーク……だったのかもしれない。

あくまでも推測ではあるが。

でも、だとしたら……。

「店長に……恋人がいる？」

思い浮かべ、動揺する和奏。

そんなまさか。

じゃあ、恋人がいないと言っていたのは嘘《うそ》？

でも、そんな嘘を吐《つ》く理由がどこに？

そこで、和奏の頭の中に思い返されたのは――先日、何故《なぜ》か一悟の家にいたルナの姿だった。

「………」

まさか、馬鹿馬鹿《ばかばか》しい――と思うが、嫌《いや》な方に憶測《おくそく》が向かってしまう。

それこそ、下品《げひん》な、妄想《もうそう》じみた発想。

頭を振るって、白身を恥じる。

そんなはずがない。

あの誠実で、真摯《しんし》で、優しい空気を醸《かも》す一悟からは、考えられない事。

礼儀正しく清楚《せいそ》なお嬢様《じょうさま》のルナからは、考えられない事。

こんな事、考えてはいけない。

考えること自体が、最低だ。

そう思うのに……。

残念ながら、考えない方が良いと思えば思うほど、妙《みょう》に思考が冴《さ》え、気付かなかった事にも気付き始めてしまう。

　あの日――。

　一悟の家に押し掛け、そこで、忘れ物を届けに来たというルナと出会った。

　そこで、ルナが言っていた台詞《せりふ》が想起される。

　キッチンで火災が起き掛けていたので、タオルに水を染み込ませて消火しようとしたと、そう言っていた。

　けれど、それならキッチンの水道で水を出せば良かったのでは？

　キッチンにはタオルではなくても布巾《ふきん》等もあるはずだし、そういった作業ができないほど、火が大きくなっていたとは思えない。

　バスタオルを取りに行った――と言っていたが、本当は、バスタオルのあった場所に、たまたまいたのでは。

　何故、たまたまいた？

　もしかして、隠れていた？

　何故隠れていた？

　和奏が来訪《らいほう》したので、急いで隠れた？

「……そんな、わけ」

　馬鹿らしい空想だとわかっている。

一悟やルナに対し、失礼な妄想だとわかっている。

けれど、和奏の中で、嫌な方向に思考が向かい始めてしまう。

二人は……密会していた？

そして、もしかしたら、あのキスマークは……。

「………」

「………」

ルナは、自室のベッドの上で横になっている。

思い浮かべるのは、一悟《いちご》の事。

意識しないように心掛けても無理だ。

昨夜、自身が暴走し彼の首にキスマークを残した件——その行いに対する後悔《こうかい》が、いつまでも晴れない。

『ご……ごめんなさい……』

あの後——自分が何を言ったのか、何をしでかしてしまったのかを今更《いまさら》のように理解し、ルナは謝《あやま》り続けた。

一悟はそんなルナを叱《しか》るわけでも、ルナから逃げるわけでもなく、優しくルナが落ち着くまで一緒《いっしょ》にいてくれた。

ルナがこうなるのは、初めての事じゃないから。

だから一悟も、責任を持ってくれたのだ。

……本当は、あのままずっと一悟と一緒にいて、彼を帰らせないという強攻策《きょうこうさく》も取れたかもしれない。

けど、心のどこかでそれだけは駄目《だめ》だと、もう一人の自分が言った。

相反《あいはん》する気持ち。

自分はいつだって彼に対し、欲望と良識が鬩《せめ》ぎ合って、本心はまだらで、本当の答えなんて導き出せない。

だから、ルナの方から『もう大丈夫《だいじょうぶ》だよ、気にせずデート楽しんできてね』と、心にもないことを言って、数時間後に一悟には帰ってもらった。

そして彼が帰った後も、ルナは一人、悔《く》やみ続けていた。

夜が明けて、朝が来た。

学校に行かなくてはいけない時間なのに、どうしても行く気になれなくて、電話を掛けて熱があると嘘《うそ》を吐《つ》いて、ずる休みをした。

そして、ベッドに横になって、無理やり目を閉じて、眠り続けた。

眠って、時々目を覚まして、時計を見て――ああ、今頃、二人はデートをしている時間なんだ……と思って、考えたくなくて再び無理やり目を瞑《つむ》った。

でも、その内眠気もなくなってきて、妙《みょう》に思考も冴《さ》えてきて、頭の中ではその事ばかりを考えるようになってしまった。

……そういえば、今日はあの、先日インタビューを受けたテレビ番組が放映される日だっけ？

時計を見ると、ちょうどその時間帯だ。

自分の映像は、結局放送されることになったのだろうか？

……気になるけど、テレビを観る気分にはなれなかった。

「………」

ふと、エアーポンプの駆動音《くどうおん》が気になり、カラーボックスの上に置かれた金魚鉢《きんぎょばち》を見る。

金魚鉢の中を泳ぐ金魚が三匹。

夏祭りの夜、金魚すくいの屋台で、和奏《わかな》にアドバイスをもらいながら捕まえた三匹だ。

あの夜の、優しく、親切に自分にアドバイスをしてくれた和奏の顔を思い出す。

……今頃、二人は何をしているのだろう。

どうなっているのだろう。

楽しく過ごしているのか。

それとも逆に、互いの知らない一面を知って、動揺《どうよう》したり、合わないと思ったり……。

「……そんなことない、きっと」

上手《うま》くいっていないと想像すれば楽なはずなのに、ルナは、自分にとって辛《つら》い方向にばかり物事を考えてしまう。

ネガティブな方向にばかり、思考の思い切りが良い。

きっと二人は、上手くいっている。

お似合いの二人で過ごしているに違いない。

……なのに、自分は。

それに比べて、自分は何をしているのだろう。

一悟に迷惑《めいわく》ばかり掛けて。

邪魔《じゃま》しようとして。

こんなの……一悟と和奏が結ばれる方が、多くの人間に祝福されるに決まってる。

孤独の中での自問自答が長引くと、今まで一度も思ったことのない事も、この時ばかりは当たり前の常識のように考えて、自己嫌悪に陥《おちい》ってしまう。

自分がとても矮小《わいしょう》でちっぽけで魅力のない人間で。

和奏が神々《こうごう》しくて美しくて、聖なる存在のように思えてきて。

もう全部諦《あきら》められたら楽だとわかって……わかっているのに、諦めきれない事が辛くって。

一悟の事、和奏の事、自分の事……懊悩《おうのう》ばかりが頭の中を席巻《せっけん》する。

でも……それでも心のどこかで、出すべき答えはもう決まっているのにと、どこか冷めた自分がいるのも、わかっている——……。

※ ※ ※ ※ ※

——……和奏とのデートの日から、三日が経過《けいか》していた。

「あ、園崎《そのざき》さん」

インテリア商品の売り場で担当者の園崎を発見し、一悟は声を掛ける。

「あれ、店長、どうしたの？ 何か、接客対応？」

あけすけな性格でお馴染《なじ》みの主婦パートである彼女は、一悟に対しそう聞き返す。

「ええと、そうじゃないんですけど。ル……星神《ほしがみ》さんを見ませんでしたか？」

少し躊躇《ちゅうちょ》しながらも、一悟は園崎に問い掛ける。

ルナを探している——と。

今日、彼女は出勤《しゅっきん》のはずだ。

勤怠《きんたい》記録も付いている。

だが、一悟は今日、ルナを店の中で見掛けていない。

「ああ、さっき工具売り場の方にいたような気がしたけど」

「了解しました」

そう言われ、一悟は工具売り場の方へと向かう。

——なんだか、今日は不自然なほど彼女と顔を合わせないのだ。

（……もしかしたら、避《さ》けられている？）

そう思った一悟は、ルナを探すことにした。

呼び出しをすれば早いのだが、何故《なぜ》か、そういう気分にもなれなかった。

どちらにしろ、範囲はこの店の中しかない。

見付かるのも時間の問題だろうし、そこまで急《せ》く必要もないだろう——と、そう思いながら。

「……女々《めめ》しいな」

先日の、彼女にキスマークを付けられた夜のことを思い出す。

あんな目をしたルナを、初めて見た。

それに、恐怖しているのだろうか、自分は。

「あ、店長、どうしたんですか？」

工具売り場を歩き回っていると、鷺坂《さぎざか》と遭遇《そうぐう》した。

「ああ、ちょっと、星神さんを探しているんだけど……」

「あ、もしかしたら、ちょっとバックに逃げてるのかもしれないですね」

「逃げてる？」

鷺坂の言葉に、一悟は訝《いぶか》る。

「何か、あったんですか？」

そこで、鷺坂は目を鋭《するど》くし、キョロキョロと周りを見回した後、一悟との距離を詰めた。

「……先日、このお店の事がテレビで放映されたじゃないですか。ほら、お昼の番組の」

そして、ひそひそと小声で喋《しゃべ》り始める。

「ああ」

「それで、そのテレビ番組が放送された次の日から、お店に変な男がやって来たんです。見るからに怪《あや》しそうで、ルナちゃんの出勤日とか、ともかく彼女のことを細かく聞いてきて……おそらく、ストーカーですよ」

「……」

「『そういったことは教えられない』って、サービスカウンターの人が毅然《きぜん》と言って追い払ってくれたんですけど、その後もちょくちょく店内で見掛けるんです。多分、ルナちゃんを探しているんだと思います」

だから、ルナをバックに逃がしているというわけだ。

一悟は頷《うなず》く。

「……なるほど、そんなことがあったんですね」

「ええ、出勤日とか出勤時間を尋《たず》ねてくるくらいだし、店の中を見て回ってるのもルナちゃんを探しているのかそれともただ買い物しているだけか、判断がグレーなところですから。事件っていうほど大きな行動を起こしてるわけでもないので、まだ大事《おおごと》にはなっていない感じです。まぁ、そんなこと起こされても困《こま》るんですけど」

そこで、鷺坂は眉間《みけん》に皺《しわ》を寄せ、目を伏《ふ》せる。

「それが原因かもしれませんが、ルナちゃん、なんだか元気がないんですよね。きっと、怖《こわ》がってるんですよ」

「……」

ストーカーのせいで、ルナの元気がない――と、鷺坂は言う。

無論、それだけが原因ではないはず――と、一悟は思う。

「店長も、その男を見掛けたら注意してください」

「わかりました」

意外な角度から、思わぬ問題が増えてしまった。

一悟はひとまず、ルナを探しにバックヤードへと向かうことにした。

※　※　※　※　※

「……いた」

バックヤードに入り、しばらく歩いたところで、一悟はルナを発見した。

ストーカー疑惑《ぎわく》のある客から隠《かく》れるためバックに下げられたものの、手持ち無沙汰《ぶさた》だったのだろう。

商管口《しょうかんぐち》近くのゴミ捨て場で、ゴミの分別をしている様子だ。

「あ、星神さん」

彼女の姿を確認できたところで、少し距離はあるが声を掛けた。

しかし、そこでルナは不自然な動きを見せる。

一瞬体をビクッと震《ふる》わせた後、一悟に背を向け、そのままそこから立ち去ろうとしたのだ。

「星神さん！」

一悟は慌《あわ》てて駆《か》け寄り、ルナを捕まえる。

「星神さん……どうしたんだい？」

「き、聞こえていませんでした。ごめんなさい」

間近に立つ一悟から視線を逸《そ》らし、ルナは焦《あせ》った様子で言う。

やはり、様子がおかしい。

ストーカーを怖がっているとか、そういった感じではない。

もっと別のことで頭がいっぱいの様子だ。

「ちょっと、いいかい」

一刻《いっこく》も早く、無理やりにでも会話をしないといけない。

そう思った一悟は、商管口を出て人気《ひとけ》のない場所へと向かう。

商品搬入のためのパレットが塔《とう》のように積み重なり、遮蔽物《しゃへいぶつ》となって人目を遮《さえぎ》っている空間。

奇《く》しくも、以前、アルバイトに採用されたルナにキスをされた場所だ。

ここなら問題ないだろう。

「ルナさん……大丈夫？」

いつもの呼び方に変え、一悟は問う。

「だい、じょうぶ……」

そう答えるルナだが、明らかに様子がおかしい。

尚更《なおさら》、放っておけない姿だ。

「メッセージを送っても反応がないし、電話を掛けても……どうしたんだい？」

「………」

沈黙《ちんもく》するルナ。

一悟は待つ。

店内BGMが薄《うっす》らと聞こえてくるだけの静かな空気の中、やがて――。

「……イッチ、この前の、和奏さんとのデート、どうだった？」

ルナが、やっと口を開いた。

そして放たれた言葉に、一悟は息を呑む。

ルナが一悟を避ける理由は、やはり、想定していた通りだったようだ。

「どう、って……」

「楽しかった？」

……一悟は、すぐに答えない。

容易《たやす》く答えられない質問だ。

今の彼女は、今までで一番不安定に見える。

返答を、間違ってはいけない。

けれど。

「……あのね」

そう逡巡《しゅんじゅん》する一悟に対し、ルナは待ち切れなかった。

もう彼女の中では、何度も自問自答を繰り返し、答えの出ている事だったのだろう。

「イッチが和奏さんとデートだった日、私、思い返してたんだ。イッチと出会ってからの日々を」

息が上がっている。

ルナは早口で、言葉を連ねていく。

「あのね、私にとってイッチは初恋の人だった。お母さんから話を聞かされてた、幼馴染《おさななじ》みの男の子で、ずっと憧《あこが》れてた人。お父さんとお母さんを亡《な》くして、清く正しく、人から愛されるようにちゃんと生きなくちゃいけないって、そういう風に考えて心が押し潰《つぶ》されそうになってた時に、私の目の前に、そんなイッチが、ある日突然現れた」

「……」

「陳腐《ちんぷ》な言い方だけど……本当に、白馬に乗った王子様みたいに」

大人で頼り甲斐《がい》があって、優しくて、甘えても許してくれて、困っている時に助けてくれて。

そして、初恋の人だった幼馴染みの朔良《さくら》の――。

母親の面影《おもかげ》を残すルナに、心惹《ひ》かれている。

もしかしたら、両想いになれるかもしれない――すべてが魅力的で、心を満たしてくれる存在。

実家の祖父《そふ》との間の軋轢《あつれき》が深まった時、朔良の墓参《はかまい》りの時、心が挫《くじ》けそうな時、お互いに支え合った。

お互いで満たし合った、夢のような日々……。

「あんな夢みたいな毎日が、本当に夢で、醒《さ》めちゃうかもしれない」

終わってしまうかもしれない。

その現実を、ルナは理解したのだ。

「……わかってる。私は、イッチに片思いしてるだけ。恋人になりたいって、好きだって何回言ったって、私を選ぶかはイッチが決めることだから。だから私は、それでもいいって、構わないって、その上でいつか私のことを好きになってもらえるように努力するって、そう決めたんだから」

そう言って、そこまで言って。

「……でも、ごめんね。納得できない」

そこで、ルナは、心の底の底に忍ばせていた本音を零《こぼ》した。

「私……イッチに、和奏さんと一緒になって欲しくない。諦め切れない。私が、恋人になりたい」

自分勝手で独占欲《どくせんよく》に満ちた、執着心《しゅうちゃくしん》を見せる。

「でも、それが許されない事だって、わかってる」

「……ルナさん、君は」

「うん、私は子供だから……だから、こんな事しか言えない。大人のイッチにとって、迷惑になることしか言えない。イッチがずっと言ってたことだからわかってる。イッチはきっと、和奏さんと結ばれる方が、ずっと幸せだってわかってる。せっかく、そんな選択肢が生まれたのに、今、私がイッチに執着して、困らせて……」

それは、一悟にとってはただ迷惑なだけ。

でも、諦め切れない。

相反する二つの感情は、現実を前に摩擦力《まさつりょく》を増し、淀《よど》んだ熱を生み出す。
どうすればいいのかわからない。
心のすべてを曝《さら》け出し、ルナはその場で泣き崩《くず》れた。
一悟は、そんな彼女の肩を抱き寄せ、顔を胸に埋めさせる。
涙《なみだ》を受け止める。
それくらいのことしか、今はできない。
ガタッ——と、すぐ近くで物音が発生した。
「！」
一悟とルナはびっくりし、同時に音源へと視線を向ける。
音は、すぐ目の前にある積み上がったパレットの向こうから聞こえた。
誰かが、そこにいる？
一悟の背筋《せすじ》が凍《こお》り付く。
見られた。
誰かに。
誰だ？
運送業者？
迷い込んだ客？

なら、まだなんとか誤魔化《ごまか》しが利くかもしれない。

だが万が一、社員、この店のスタッフだったら？

どうする。

このまま立ち去られたのでは、まずくないか？

逡巡を重ね、心臓《しんぞう》が高鳴る一悟。

腕の中で、ルナも体を震わせている。

「……大丈夫だ」

そんな彼女を励《はげ》ますように、小さく呟《つぶや》いて、一悟はルナの体を自分から離す。

「誰ですか？」

そして、至って平生《へいぜい》の声音《こわね》を意識し、そう音源へと問い掛けた。

……返答はない。

その代わり――。

「……あ」

とことこと、パレットの陰《かげ》から猫《ねこ》が現れた。

ここら辺の敷地に住み着いている、すっかり人間慣れした野良猫《のらねこ》だ。

「なんだ……君か」

二人の緊張感など露知らず、我が物顔で散歩する野良猫の姿に、一悟も安堵《あんど》の溜息《ためいき》を吐く。

そして、すぐにパレットの陰を見るが、そこには人影も何もない。

先程の逡巡は、杞憂《きゆう》で済んだようだ。

しかし、いつ誰が来るかわからないという状況には、変わりない。

「とりあえず、一旦《いったん》、中に戻ろう」

「……うん」

※ ※ ※ ※ ※

──そして、時間は流れ……。

「……はぁ」

退勤《たいきん》時間を迎え、制服から着替えたルナは、失意のままバックヤードを歩いていた。

商管口を出る際に、通り掛かった警備員に挨拶《あいさつ》をする。

警備員も、いつもより元気のないルナを心配している様子だ。

ルナは慌てて、誤魔化すように笑顔を浮かべた。

──結局、今日一日、色々とみんなに心配をさせてしまった。

……本当に、自分は駄目《だめ》だ。

……こんな事で、周りに迷惑を掛けて。

そんな風なネガティブな思考に支配されながら、ルナは店を後にした。

時刻は夕方。

しかし、既《すで》に外は薄暗《うすぐら》い。

まだ営業中のお店の明かりを横目に、暗鬱《あんうつ》とした気持ちが晴れないまま、ルナは帰路につく。

とぼとぼとした足取りで、駐車場の端《はし》、街灯が並ぶ歩道を進んでいく。

「ねえ、ちょっと、いいかな」

するとそこで、ルナは背後から誰かに声を掛けられた。

振り返ると、そこに、一人の男性が立っている。

ちょうど街灯の真下に位置する場所にいるため、姿はハッキリと見えていた。

小太りの体型。

年齢は、三十代半《なか》ばくらいか。

よれたシャツ、ボサボサの髪に無精髭《ぶしょうひげ》が目立つ丸顔。

舐《な》め回すような視線で、ルナの体を凝視《ぎょうし》している。

知らない男性だ。

思わず、身が強張《こわば》る。

「どなた、ですか？」

その雰囲気《ふんいき》から、警戒を露《あら》わにルナは尋ねる。

「あ、ええと……」

そこで、男性は少し言い淀む。

視線を泳がせ、どこか緊張しているのか、言葉を選んでいる様子だ。

「……この前、テレビを観たよ」

「……あ」

そこで、ルナは気付く。

その外見、容貌《ようぼう》。

〝その人〟を見掛けたというアルバイト仲間や社員達から、伝えられていた特徴と合致《がっち》する。

彼は、数日前からルナを探し回っているという男性客だ。

「あの番組を見て、君のファンになったんだ」

薄《うす》ら笑いを浮かべながら、挙動不審気味《きょどうふしんぎみ》に言い、男は一歩ルナに近付く。

街灯の下から移動したことで、姿が夜闇《よやみ》に紛《まぎ》れる。

そのせいで表情がハッキリと見えなくなったが、眼光鋭い目付きは依然変わらない。

明らかに様子がおかしいとわかる。

「あ、ありがとうございます」

ルナは、なんとか顔に営業スマイルを浮かべ、当たり障《さわ》りなくそう返す。

言いながらも、足は震えている。

近付いてくる相手の男から逃げるように、後ずさりしていく。

ずっと前、駅前で酒に酔《よ》った男性に絡《から》まれた、あの時のことを思い出し、恐怖が再来したのだ。

あの時は、一悟が助けてくれた——。

でも、今は……。

「ごめんなさい、ちょっと急いでいて。お話は、また今度でもいいですか」

そう言い残し、急いで立ち去ろうとするルナ。

「ま、待ってよ」

男は、踵《きびす》を返し駆け出そうとしたルナの腕を摑む。

その行動に、ルナは喉《のど》の奥で小さく悲鳴を上げた。

「は、離してください」

「ちょっと、ちょっと話をしたいって言ってるだけじゃん」

抵抗するルナに、男は焦燥感《しょうそうかん》の交じった声色になる。

「何も変なこと言ったりしてないし、迷惑は掛けてないだろ？　なのに、あの店の連中も、怪しい奴を見るような目で見やがって」

などと、ブツブツと独り言を呟いている。

やはり、普通じゃない。

その気配を感じ取り、ルナの恐怖心は一線を越えた。

「誰か！」

と、叫ぼうとするルナ。

しかし、それよりも先に、男の方が行動を起こしていた。

ルナの口を塞《ふさ》ぎ、その細い胴体に腕を回す。

彼女の軽い体は軽々と持ち上げられ、人目につきにくい生け垣の陰へと移動させられる。

そして、地面へと押し倒された。

「うっ……！」

力が強い。

腕を擱んだ手も、口を押さえた手も。

そして、腹部の上に乗られ体重をかけられ、ルナは身動きを封じられる。

抵抗もできない。

「い、いきなり叫ぼうとするから、こうするしかなかったんだからな！　騒《さわ》ぐな！　大人しくしろよ！」

そう低い声で言う男だが、ルナは恐怖からパニックに陥っていた。

「んん、んんんー！」

声を必死に上げて、ジタバタと暴れる。

「こ、この……」

大人しくならず暴れ続ける彼女に、男は焦り、慌てた様子で叫んだ。

「て、店長とのことをバラすぞ！」

「……っ！」

その言葉を聞き、ルナは思わず目を見開く。

彼女の動きが止まったのを見計らい、男は腕を掴んでいた方の手を離すと、ポケットから携帯を取り出した。

そして、何やら操作し、携帯の画面をルナに見せてきた。

そこに表示されているのは、昼間の写真だった。

バックヤードの一角《いっかく》で人目から隠れ――一悟が泣き崩れるルナを支え、抱き締《し》めている、あの瞬間の写真だ。

ルナは全身から血の気が引くのを実感する。

あの時の様子を、どこからか見られていたのだ。

「店の中のどこにも居ないし、他の店員からも注意されたから、バックヤードの方を探してたんだ……そうしたら、驚いたぜ」

男は、顔に下卑《げび》た笑みを浮かべる。

「お前ら、どういう関係なんだ？　あの店長、高校生に手を出してるのか？　結婚とかしてるのか？　納得できない、とか、そういう会話してただろ」

男は、ここぞとばかりにまくし立てる。

わざわざ退勤してくるまで待って、ルナが一人になるところを見計らって近付いてきたのも、このネタで強請《ゆす》ろうと考えていたからなのだろう。

「不倫《ふりん》か？　どう考えてもまずいだろ。お前も、学校とかにバレたらもう普通に生きていけないぞ」

男が言葉一つ一つを発する度に、頭を殴《なぐ》られているような気分になる。

体は震え、心臓の鼓動《こどう》は今まで感じたことがないほど高まる。

思考もまともに働かず、何も考えられない。

「俺がバラしたら、この店長も犯罪者だろ……あれ、犯罪にはならないのか？　ともかく、会社的に降格とかじゃ済まないいんじゃないのか？　懲戒処分《ちょうかいしょぶん》……クビだし、その後もこいつの人生めちゃくちゃだろうな」

いいのか？　と、とどめとばかりに男は脅《おど》しを掛ける。

「……ん？」

そこで、男は気付く。

組み敷《し》いたルナが、もう暴れるどころか身動きすらしていないことに。

雨に濡《ぬ》れた捨て犬のように、体は小刻《こきざ》みに震え、何もできなくなっている。

自分では敵《かな》わない力で押さえ付けられ、最も恐れていた懸念材料《けねんざいりょう》で脅され、どうしていいのかわからなくなっているのだろう。

完全に怯《おび》え切った、涙で濡れた目で男を見上げ、喉を小さく鳴らしながら、ルナは必死で息継ぎするように呼吸をしている。

「……ふぅ」

それに呼応するかのように、男の息遣いも一気に荒《あら》くなる。

その目に、汚《よご》れた光が宿る。

男は拘束《こうそく》していた手を離し、ルナの体に触ろうとする。

それでも、ルナは恐怖から叫べない。

せめて残酷《ざんこく》な現実から逃避するかのように、ギュッと目を瞑る。

「星神さん！」

そこで、ルナの上に覆《おお》い被《かぶ》さっていた男の重さが、ふっと消える。

男の体が、ルナの上から一気に引き剝《は》がされたのだ。

※　※　※　※

例のストーカーが駐車場付近を徘徊《はいかい》している——。

警備員からそう報告を受け、嫌な予感がした一悟は、ルナの安全を確かめるために店の外へと向かった。

ルナは今し方退勤したところ。

もしかしたら、鉢合《はちあ》わせになってしまっているかもしれない。

そんな不安が過《よ》ぎったからだ。

そして、その嫌な予感は、駐車場の端――人影のない生け垣沿いの歩道へとやって来た時、的中したと実感できた。

生け垣の陰に隠れるようにして、誰かが何かに覆い被さっているのが見えた。

薄闇に紛れて見えにくいが、注意すればわかる。

一方は大柄《おおがら》な男性。

その下から、細くしなやかな足が見えた。

「星神さん！」

気付くと同時に、一悟はルナを押し倒すストーカーへ駆け寄ると、その体を力任せに引き剝がした。

「うおっ⁉」

突然の力で後ろへ引っ張られたストーカーは、雄叫《おたけ》びを上げバランスを崩す。

一悟はすぐさま、ストーカーの体に抱きついて拘束した。

「な、や、やめろ、何するんだ！」

「こっちの台詞《せりふ》だ！」

取っ組み合う一悟とストーカー。

なんとか暴れて逃げようとする男を、一悟は絶対に離そうとしない。

「いたぞ、あそこだ！」

「店長！」

そこに、警備員と、和奏をはじめとしたアルバイトや社員。

そして、昼間の件で通報を受け、たまたま近くの交番から聞き取りのため来ていた警察官達も到着する。

ストーカーは、すぐさま警察官達に取り押さえられた。

「何もしてない！　何もしてない！」

そう必死に叫ぶストーカーだが、駐車場の街灯には監視カメラが付いており、一部始終は頭上のカメラで撮影されている。

被害者であるルナの証言もある。

現行犯《げんこうはん》。

言い逃れはできないだろう。

「大丈夫かい、星神さん」

一悟は、座り込んだままの姿勢で俯《うつむ》いているルナに駆け寄る。

肩に手を置くと、その体が信じられないくらい冷え切っている事、そして、絶えず震えている事に気付き、一悟は優しく背中《せなか》を摩《さす》った。

「く、ま、待て！」

そこで、そんな一悟とルナの姿を見た男が、何かを思い出したように叫ぶ。

警察官に取り押さえられた状態のままポケットから携帯を取り出し、画面に表示されたままの写真を見せ付けた。

「お前らの関係は知ってるぞ！　で、デキてんだろ⁉」

ストーカーの言い放った突然の発言に、驚く一悟と、ひときわ大きく体を震わせるルナ。

ストーカーの携帯には、店舗の裏手《うらて》にて、物陰で一悟がルナを抱き締めている写真が映っている。

「え……え？」

「あの写真、って」

「店長と……星神さん？」

その写真を見て、その場に集まった店舗のメンバー達も、思わずざわつく。

「こいつら、世間には内緒《ないしょ》でこういうことやってんだ！　人目から隠れて、それに、納得できないとか、そういう会話をしてたのも聞いたぞ！」

途切れ途切れながら、男は最後の道連れだとでもいうように、そう暴露《ばくろ》する。

逆恨《さかうら》みの復讐《ふくしゅう》だ。

しかし、そんなストーカーの行動に、一悟とルナは動揺し絶句《ぜっく》するしかない。

警察官達の視線も向けられる。

(――――)

……言い訳が浮かばない。

何も思い付かない。

熱を持った全身から、滝《たき》のように汗が噴《ふ》き出て止まらない。

一悟は、頭が真っ白になるのを実感する。

「あ、もしかして、星神さん……」

その時、だった。

にわかに騒然とするこの場に、声が響き渡った。

声の主は、和奏だった。

彼女が、どこか場の緊迫感とはほど遠いトーンの声音で、そう発したのだ。

「そっか……きっと、店長に慰《なぐさ》めてもらってたんですね」

その顔に、穏《おだ》やかな笑みを湛《たた》えながら言う彼女に、他の人間は、皆頭上に「?」マークを浮かべるしかない。

「どういうことですか？　和奏さん」

一人の社員が、そう問い掛けると、和奏は平生と変わらぬ声で解説を始めた。

まったく予想がつかない和奏の発言に、一悟も見守ることしかできない。

「星神さん、朝から元気がなかったんです。その原因は、映画のせいなんですよ」

「映画？」

そこで、和奏が話し始めたのは、先日一悟と観たあの映画の内容のことだった。

あの映画を観た和奏とルナが、その感想について二人で話したのだと――そう、和奏は言う。

「で、その映画の中で、ヒロインとの間で主人公を奪《うば》い合っていたライバルのサブヒロインキャラがいるのですが、星神さん、その娘と主人公が結ばれなかったのがショックだって、夜も眠れないくらいだって、ずっとフラフラしてたんです」

「へ？」

突如《とつじょ》、突拍子《とっぴょうし》もない話を和奏が言い出した。

無論《むろん》、ルナにも身に覚えのない話である。

けれど……これは、まさか……。

「ロスっていうのでしょうか？　好きなアイドルが引退して落ち込んでしまうっていう話、最近だとニュース等でも聞きますよね。星神さんも、同じ状態だったのでしょう。でも、そんな状態でお店にいたら勘違《かんちが》いされかねないから、店長にはちゃんと話すようにと言ったんです。

この写真は、きっと、その話をしているところだったんじゃないでしょうか」

和奏は、ストーカーの持つ携帯の画面を指さす。

「あまり人に聞かれたくない話だから、ここで隠れて。この写真も、きっとよろけたところを支えられたんですね」

そう言って、和奏はルナへと視線を向けた。

「え……」

突拍子もないが、あまりにも和奏が当然のように、自然に話したので、場は静まり返っている。

そんな彼女の話に対し、ルナは——。

「……は、はい、その通りです。ごめんなさい、勘違いさせるような行動をしてしまって……」

そう、答えた。

結果、警察官や店舗メンバーの間には、なんだ、勘違いか——というような、弛緩《しかん》した空気が広がった。

ストーカーの男も「え、そ、そういう話?」と呟いて、呆然《ぼうぜん》とした顔になっている。

——こうして、何はともあれ、この場の騒動は収まった。

ストーカーの男は、警察に身柄《みがら》を拘束され連れて行かれた。

現行犯なので言い逃れのしようはない。

呆然とした表情で、パトカーの方へと連行されていく。

一悟は警察官と話を交え、ルナは皆に介抱《かいほう》されている。

そこで、警察官がルナに、今回の件で簡単に話を聞きたいといってきた。

「じゃあ、お店の救護室《きゅうごしつ》の方で」

というわけで、皆で一旦店舗へと戻ることになった。

……しかし、一悟とルナの混乱はまだ終わっていない。

「………」

あの瞬間、突拍子もない作り話で、一悟とルナの関係を和奏がフォローした。

二人の関係性を知らない、仮に知っていたとしても、そんなことをする必要もない和奏が、だ。

あれは、一体何だったのか。

先を歩いて行く和奏の後ろ姿を見詰《みつ》め、二人は思う。

その疑問が恐怖となって、一悟とルナの中で渦巻《うずま》いて消えない。

※　※　※　※

店に戻った社員達は、今回の件を総括《そうかつ》していた。

テレビの情報バラエティー番組を観てルナのファンになった男が、ストーカー化。

店員に素っ気《そ け》ない対応（というか、当然の対応）をされた彼は、ルナを探して店の外を徘徊。

そこで偶然《ぐうぜん》、一悟とルナがいる場面に遭遇した男は、一悟とルナが内緒の恋人関係だと勘違い。

その結果、逆上してルナを襲った――という認識に収まった。

「大変だったね、ルナちゃん」

「本当。まだ高校生なのに、トラウマにならなきゃいいけど」

「まったく、迷惑な奴もいたもんだな……あ、店長」

休憩室《きゅうけいしつ》で雑談をしていた彼等のもとに、一悟がやってくる。

「星神さんは大丈夫ですか？」

「今、警察官と話をしているけど、大分落ち着いた様子です。普通に会話ができるくらいには回復しています」

それを聞き、皆、安堵の表情を浮かべる。

「良かった」

「それにしても、まさか元気がない原因が、映画の内容だったとはね」

「なんとかロスってやつ？　最近は、推《お》しのアイドルが解散したのがショックで休暇を取る人もいるみたいだし、別に珍《めずら》しくはないんだろうけど」

「でも、まさか、あのルナちゃんがね」

「まぁ、高校生らしいじゃん」

皆、一悟とルナの関係に関しては、完全に疑っていない。

その点は、安心していいのか……。

やがて――。

「店長、星神さんと警察の方のお話が終わったそうです」

和奏が、一悟を呼びに休憩室へとやって来た。

「……わかりました」

二人は、ルナが警察官から事情聴取《じじょうちょうしゅ》を受けている部屋――救護室へと向かう。

バックヤードの奥にある、四畳ほどのスペースの狭《せま》い空間。

その名の通り、体調の悪い者が出た際に、安静にするための部屋だ。

折り畳みパイプベッドも置いてある。

それ以外の際には、社員同士の重要な話や、こうして有事の際の個室として利用されている。

部屋に着くと、既に警察官は帰り支度《じたく》を終えていた。

壁際の椅子《いす》には、ルナが縮こまった姿勢で座っている。

「では、我々はこれにて戻らせていただきます」

「はい、本日はありがとうございました」

警官達にお礼を言い、そのまま帰ってもらう。

そして、救護室の中には、ルナ、一悟、和奏の三人が残される形となる。

「………」

「………」

「………」

……沈黙が流れる。

一悟も、ルナも、そして黙《だま》ったままの和奏も、この沈黙の意味を理解している。

「……あの、和奏さん」

一悟が口火を切った。

「あの話は、和奏さんがあの場で作った即興《そっきょう》のもの……ですよね」

和奏は目を伏せたまま、一悟の話を聞く。

和奏が、一悟とルナの関係を誤魔化したことになる——その話を。

「さっきの件は……その……」

「……なんとなく、そうなのではないかと、気付いていました……」

和奏が、声を発した。

その言葉に、一悟は息を呑む。

ルナも同様だと、気配でわかった。

「最初は、ほんの少しの違和感でした。先日お会いした際、店長の首筋《くびすじ》に、その……キスマークがあったので」

あの時、不注意から晒《さら》してしまった首の痣《あざ》。

やはり、見られてしまっていた。

そして、感付かれてしまっていた。

「そこから、店長の家に星神さんがいたことや、色々なことが繋《つな》がって……最初は、勝手な憶測《おくそく》だと考えていました。なんて失礼で下世話《げせわ》な妄想《もうそう》だと。すぐに忘れようとしました……」

そこで、和奏は一拍《いっぱく》置き——胸の前に持ち上げていた手を、ギュッと握る。

「けれど——今日の昼間、店長と星神さんが、一緒にバックヤードの裏口から外に出て行くのを見掛けて……密《ひそ》かに、後をついていったら……」

「それは……」

彼女の口から出た意外な発言に、絶句する一悟。

あの時、あのルナとの密会を、ストーカーだけではなく和奏にも見られていたということだ。

「それで、自分の憶測が勘違いなどではなく、真実なのでは……店長の家に星神さんがいたのも、やはり、そういうことだったのかと思い……差し出がましいようですが、先程は、ああいった形でフォローを」

結果、そのお陰で一悟の立場は助かった。

しかし、逆に言えば、それによって、和奏の推測が肯定《こうてい》されたという確かな証拠ともなったということだ。

「店長……私の頭の中に出来上がった空想は、単なる思い違いなのでしょうか。それとも……」

「………」

縋《すが》り付くような和奏の視線。

床に落とされたままのルナの視線。

――狭い部屋の中、重い沈黙だけがのし掛かる。

――決着を付けろと、一悟を責め立てるように。

——もう中途半端《ちゅうとはんぱ》に誤魔化《ごまか》す事も、隠《かく》し通す事もできない。

——だから、すべてを話す事にした。

場所は、一悟《いちご》の家。

仕事が終わった後、この件に関してはきちんと伝えておかないと後々《のちのち》誤解を招きかねないので、和奏《わかな》に説明をするために、彼女に来てもらった。

そして、その場にはルナも同席している。

一悟だけで説明を行っても説得力に欠けるかもしれない。

和奏を疑っているというわけではないが、ルナにもいてもらった方が確実だと判断したからだ。

今日一日で多くの事件が起こった。

今の彼女の心理状態的に大丈夫《だいじょうぶ》なのか不安だったが、一応本人も了承《りょうしょう》はしてくれた。

机《つくえ》を挟《はさ》み、一方に一悟とルナ、一方に和奏という形で対面する。

そして、一悟は和奏にルナとの関係を話した。

それこそ、本当に最初から最後まで、事細かく。

初めの出会いの時から、今日まで。

酔《よ》っ払《ぱら》いから彼女を守った夜。

彼女が幼馴染《おさななじ》みの娘だと知った。

そして、ルナから一悟へ向けられる熱烈《ねつれつ》な想い。

それに伴《ともな》う行動と日々。

ルナの身の上と、一悟との関係。

そのすべてを話し終え……。

「そう、だったんですね……」

「……」

……沈黙《ちんもく》が流れる。

和奏自身、その情報量を脳内《のうない》で処理するのに手間取っているのかもしれない。

けれど、そうなっても仕方がないだろう。

こんな、あまりにも運命的というか、奇跡的《きせきてき》な出会い——。

「なんていうか、その……」

やがて、和奏がおずおずと声を発した。

「あの……ロマンチックな関係ですね」

空気を明るくするためだろうか——そんなコメントを述《の》べる和奏。

だが、そう言う和奏も、沈《しず》んだ表情のルナも、ここまでの経緯《けいい》を知った以上、十分に理解している。

ルナと和奏は、ライバル関係だ。

年齢差や社会的立場は関係ない。

一悟という一人の男性の好意を奪《うば》い合う、敵同士という認識に他ならない。

「一応、これが現在の僕《ぼく》達の状況のすべてになります」

「わかり、ました……」

一悟がそう締《し》めると、和奏は頷《うなず》き、質問を返す。

「再三《さいさん》のご質問で申し訳ありませんが、お二人の関係を知っている人は、私以外にはいないのですね？」

「……はい」

少なくとも、互いの家を行き交い、異性としての関係を望むルナと、そんな彼女を完全に拒絶《きょぜつ》し切れずにいる一悟。

そんな関係を知る者は、和奏以外にはいないはずだ。

「先程は、ロマンチックな関係などと茶化《ちゃか》した言い方をして申し訳ありません。現実問題、もし、この関係が公《おおやけ》になれば……」

「わかっています——」

「当人同士の同意の上であったとしても、未成年と社会人が度を超した交流を持つことは、社会的に許されないこともあります。そして、企業に勤《つと》める人間として、コンプライアンス遵守《じゅんしゅ》の観点もあり、会社からも罰則《ばっそく》が与えられかねません」

冷静に、どこか酷薄《こくはく》とも思えるような台詞《せりふ》を、和奏は告げていく。

「場合によっては、降格処分《こうかくしょぶん》や免職《めんしょく》……懲戒《ちょうかい》の対象になる可能性もあります」

彼女がこんな事を言うのも、偏《ひとえ》に心配をしているからだ。

しかし、彼女の責《せ》めるような言葉の列挙《れっきょ》に、ルナはビクッと体を揺《ゆ》らす。

その顔が青ざめる。

数時間前、あのストーカーから受けた脅《おど》しも影響しているだろう。

初めて、ルナと一悟が一緒《いっしょ》にいるということ……ルナの望む関係を求めるということ——その現実に対する、明確な問題点を目の当たりにさせられ、自分達の置かれた状況の危《あや》うさを実感させられたのかもしれない。

鈍器《どんき》で頭を殴《なぐ》られたような衝撃だったろう。

「そ、そんな……私は——」

「はい、承知《しょうち》の上です」

震《ふる》えながら声を発したルナの一方、一悟は毅然《きぜん》と言う。

「覚悟《かくご》はできています」

「……あ」

自分が今まで言っていた『絶対に迷惑《めいわく》は掛けない』『きちんと説明する』という主張が、いかに空虚《くうきょ》で何の役にも立たない理想論だったのか。

それを思い知り、ルナは口を閉ざす。

「………」

一悟の、淀《よど》み一つない真《ま》っ直《す》ぐな言葉。

怯《おび》え、恐怖を隠せないルナの様子。

それを見て、和奏は――。

「わかりました」

声色を和《やわ》らげ、そう言った。

「お二人の関係は、内緒《ないしょ》にしておきます。店長も、不可抗力《ふかこうりょく》があったとしても間違いを犯すような方ではないと、信じています」

そう言って締め括《くく》る和奏に、一悟は「ありがとうございます」と頭を下げる。

「………」

「………」

……しかし、当然だが、それ以上会話は続かない。

一悟も、和奏も。

そしてルナも、一悟に対して恋心を抱《いだ》く和奏の気持ちがわかるから、なんと反応すればいいのかわからない。

複雑な心理が絡《から》み合う。

それは、和奏も同じだ。

和奏も、ルナの想いの強さは、今聞いた話の中で十分に理解できたはずだ。

だからここでは、これ以上は……。

「店長、お願いがあります」

それ以上の進展はないと思っていた状況の中、不意に和奏が口を開いた。

「星神《ほしがみ》さんと、話をしてあげてください」

その彼女の発言に、ルナが伏《ふ》せていた顔を上げた。

「私と一緒に過ごしたような時間を、彼女とも過ごしてあげてください」

「……それはつまり」

一悟は、和奏の言いたいことを理解する。

彼女の言う『私と一緒に過ごしたような時間』とは、先日のデートのこと。

互いの心の距離を縮め、互いのことを深く理解する時間を共有して欲しいと、和奏は申し出ているのだ。

彼女の方からそう提案されるなんて、意外だった。

「その上で、答えを出してください。時間は大丈夫です。店長の心が納得いくまで、私は待ちます」

「和奏さん……」

「もしも……ええと、私の方を選ばなかったら、星神さんとの関係をバラされるかもしれないとか、そういったことを気に掛けているのであれば、大丈夫です。私は、この話を他の人に話す気は、絶対にありません」

そんな心配はしていない。

一悟もまた、和奏がそんな人間ではないと信じている。

「本当に、いいんですか？　和奏さん」

こんな事を自分が問うのもおかしいと思いながらも、そう確認する一悟。

そんな一悟に、和奏は微笑《ほほえ》みを湛《たた》え、頷く。

「私は、店長に悔《く》いのない選択をして欲しいだけです」

ルナが和奏の気持ちを理解できるように、和奏も一悟が好きだから、ルナの気持ちがよくわかる。

ルナのためにも、一悟のためにも——和奏は、二人のことを思って、提案してくれているのだ。

「その上で、私を選んでもらえたなら、嬉《うれ》しいです」

最後に小さく、和奏はそう呟《つぶや》いた。

※　※　※　※

というわけで、話を聞き終えた和奏は、一悟の家から帰ることになった。

私がいたら話しにくいだろうからということで、二人で今後のことを決めてください、と
――そう言い残して。

一悟の家に、一悟とルナだけが残される。

「……凄《すご》いね、和奏さん」

和奏を見送り、リビングへと戻ってきた一悟。

そこで、椅子《いす》に腰掛《こしか》けたままのルナが、小声で言った。

「こんな状況なのに、私のことまで思い遣ってくれるなんて……大人だなぁ」

「ルナさん……」

ルナの表情は、どこか晴れやかだった。

けれど、決して喜ばしい感情は窺《うかが》えない。

寒々《さむざむ》しい、冬空のような――敗北感を感じているような表情だった。

「……イッチ」

やがて、ルナは言う。

「デート、してもいい？」

先程の和奏の提案。

それを踏《ふ》まえての希望。

「ああ、もちろん」

躊躇《ちゅうちょ》する必要もなく、一悟も承諾《しょうだく》する。

「行きたい場所があるんだ。この前、私の実家に帰省《きせい》した帰りに、サービスエリアの展望台《てんぼうだい》から夜景を観たでしょ？　あの、観覧車《かんらんしゃ》が見えた遊園地。あそこに、行ってみたい」

「ああ……」

少し遠出になるが、それなら知り合い等に会う可能性もない。

大丈夫だろう。

「わかった」

一悟も承諾する。

というわけで、日時の予定も合わせ、ルナとのデートが決まった。

ちなみに、行くのは一週間後の土曜日。

時間は少し先になってしまうけど、余裕があるのは良い事かもしれない。

「じゃあ、その日で」

「うん、楽しみにしてるね」

ルナは、笑顔を浮かべる。

久しぶりに見た、彼女の心からの笑顔。

けれど一悟は、その笑顔に何故《なぜ》か少しの不安を覚えた。

※　※　※　※　※

その後、ルナは通常通り店に出勤《しゅっきん》し、いつもと変わらぬ様子で仕事に従事《じゅうじ》していた。

先日の件もあって、アルバイト仲間達から気遣《きづか》われる事も増えたが、本人はまったく気にしていないという感じで、普段通りの態度を保っている。

「タフだね、ルナちゃん」

そう、皆から感心されるほどの復活具合だった。

少し、出勤日数や出勤時間を減らしている様子もあったが、学校の行事等の都合もあるだろうし、その点に関しては一悟も特に気にしてはいなかった。

そして、一週間という時間は瞬く間に過ぎ――。

今日は、デート当日。

「到着したよ」

先日、ルナの実家から帰ってくる途中に寄った、サービスエリア。

その展望台から見えた観覧車のある、あの遊園地に二人はやって来た。

大型駐車場に車を停め、外に出ると、早速すぐ目の前に遊園地の入り口が見える。

「わぁ、凄い！」

助手席から降りたルナが、その光景を見て興奮気味《ぎみ》に声を上げる。

今日のルナは、ワンピースの上にカーディガンを羽織《はお》り、頭にはブラウンのベレー帽《ぼう》を被《かぶ》っている。

当然のことだが、初めて見る彼女の秋仕様の私服だ。

派手《はで》さ控《ひか》えめで穏《おだ》やかな気分になる、今の涼《すず》やかな季節に絶好の様相《ようそう》である。

「あ、見て、観覧車！」

「ああ、あの日見たのは、あれだったんだね」

入園口へ向かうに連れ、巨大なアトラクションの数々が見えてくる。

その中にある一際存在感を放つ観覧車を見上げ、ルナははしゃいでいる。

「晴れて良かったね、イッチ」

そう言って笑顔を向けてくるルナに、一悟は戸惑《とまど》い交じりに「そ、そうだね」と返す。

今日のルナは、朝からとても明るいというか、元気だ。

まるで、先日までの悩みが綺麗《きれい》に霧散《むさん》したかのように。

本人は「それだけ楽しみにしてたんだよ」と言っているが、正直、不自然ささえ感じてしまうほどである。

「ね、イッチ。今日は、デートだよね？」

入り口でチケットを購入し、園の中へと入る。

そこで、ルナが一悟へと問い掛けてきた。

「え、あ、うん」

「……じゃあ、ということで！」

瞬間、ルナが一悟の腕に手を回し、体を引っ付けてくる。

「ちょ……」

腕と腕を絡《から》め、完全に体を密着させるような体勢。

恋人同士の距離感である。

流石《さすが》に、これは人目に触れたらまずいのでは？

「大丈夫だよ。イッチだって、見た目はまだまだ若いんだから、変に思われないよ」

そんな一悟の不安を読み取ったかのように、ルナは言う。

「それに、親子に見られたとしても、親に甘える子供みたいで不思議じゃないんじゃないかな？　だから、大丈夫だよ」

「ううん……まぁ、そうか」

一悟は、そんなルナの言葉を自然に受け入れた。

不思議だ。

前までだったら理性というか常識が働いて、無理矢理《むりやり》引き剝《は》がしていたかもしれないのに、
今はできるだけ彼女の希望に合わせてあげたいと思っている。

したいことを、させてあげたいと思っている。

今日まで、不安定でかわいそうな彼女の姿ばかりを見てきたからだろうか？

哀《あわ》れみからの意識？

いや、違う。

これは、大人が子供のわがままを聞き入れる包容力《ほうようりょく》……みたいなものとは、また違う。

そう、朔良《さくら》と共に過ごした、あの頃の感覚に近い。

まるで、一悟が彼女に恋をしているから。

自分を求めてくれていることに、この上ない幸福を感じているような――。

（……って、何を考えているんだ、僕は）

彼女はあくまでも……。

……あくまでも、〝朔良の娘〟？

じゃあ、今日は何のためにここに来た？

彼女と向き合うため、和奏と過ごしたような時間を、彼女とも過ごすためだろう？

自分は、最初からルナを選ぶ気がないのか？

そんな残酷《ざんこく》なことを、彼女にしているのか？

思い掛けず、一悟はそこで、今一度自分の心と向き合うことになった。

自分は、ルナを……どうしたいんだ？

「あ、見て」

そこで、ルナが園内に展開している露店《ろてん》を発見し、指さす。

アイスクリームの露店だ。

「イッチ、アイス食べたくない？　それとも、アトラクションに乗った後の方がいい？」

「んー……最初は、どんなアトラクションがあるか園内を見て回ろうかと思ってたから、アイスを食べながらっていうのもいいかもしれないね」

「じゃあ、買ってくるね」

言うや否や、ルナはピューーッと露店の方へと向かっていった。

実に行動が早い。

「ああ、僕も行くよ」

一悟も、そんなルナを追い掛ける。

そうして、二人で一緒にアイスを購入した。

ちなみに選んだのは、ルナはチョコミント、一悟はバニラ。

「これって……偶然かな」

出会った最初の頃のようだ――と、一悟は思った。

そう、まだ一悟とルナが出会ったばかりの頃。

ルナと、アイスクリームショップでアイスを買った事があった。

あの日も、確か二人でデートをした日だった。

……正確には、仕事の関係で他企業店舗のストアコンパリゾンをしていた一悟を、ルナが追跡してきて押し掛けデートになったという流れだったのだが。

その時に一悟が奢《おご》ったアイスも、ルナがチョコミントで一悟がバニラだった。

「あの日と、同じ組み合わせだね」

自然と、一悟はそう呟いていた。

「うん、本当だ」

その言葉に、ルナも返す。

「やっぱり、チョコミントが好きなんだね、ルナさん」

「……うん」

何故かその時、ルナは一瞬、少し寂《さび》しそうな表情を浮かべていた。

※　※　※　※　※

その後――。

アイスを頬張《ほおば》りつつ園内を散策《さんさく》した二人は、気になったアトラクションに乗っていくことにした。

ジェットコースターや急流すべりなど、ルナは結構絶叫系《ぜっきょうけい》のアトラクションが好きなようだ。

けれど、別にそういう系統のものに耐性がある、というわけではないようで、始終隣《となり》に座る一悟の腕や肩にひっ付いてばかりではあったが。

「あー、楽しかった」

「本当に？　ずっと叫んで震えてたよね」

一悟にそう指摘されると、「そういう怖《こわ》いのが楽しいの」と、ムキになったような表情で言う。

そんなルナが、純粋《じゅんすい》にかわいく思えた。

そして、これまで心に据《す》えていた価値観や倫理観が取り除かれた今だけは、一悟も楽しい時間を過ごせていた。

ルナの無邪気《むじゃき》で明るく、若者らしい元気な姿に引っ張られて。

まるで、自分自身も若返ったかのように。

……いや、違う。

今の自分のまま、十分、彼女と同じ感覚を、楽しさを、共有できている。

大の大人の男が、女子高生と同じ精神年齢だというと笑われそうだが、それでも、これが現実で、心地の良い現実だった。

「そういえばね」

途中の露店で貰ったクレープを食べながら、ルナが一悟に話し掛ける。

話題は、彼女の実家の事だった。

「おじいちゃんとおばあちゃんから、この前、メールが来たんだ」

「へぇ、おじいちゃん……おじさんから？」

「そう！　意外だよね」

ルナのおじいちゃん……つまり、朔良の父親。

幼い頃から一悟も知っている人物である。

（……あの人が、孫に、メールを……か）

なんだか、微笑ましい。

「今度、おじいちゃんの工場で新しい商品を作るんだけど、試食して欲しいんだって」

「へぇ……」

そこで、会話が終わる。
（……ん？）
一悟はふと、言い表せない違和感を覚えた。
なんだろう。
今の会話に、何か、変な感じがした。
けれど、上手《うま》く言語化できない。
なんで、違和感を覚えたんだ？
不意に感じた疑念の正体がわからず、一悟は首を傾《かし》げた。
「あ、イッチ、見て！」
そこで、ルナは前方を指さす。
彼女の指し示す先にあるのは、荘厳《そうごん》で立派《りっぱ》な白色の建造物。
屋根の上に十字架《じゅうじか》と鐘《かね》を掲《かか》げるその建物は——教会だった。
「遊園地の中に、教会なんてあるんだね」
「ああ、本当だ。どうしてだろう？」
何かのアトラクションだろうか？
そう疑問に思いながら試しに入ってみると、中もかなり本格的な造りをしている。
遊園地のアトラクションというより、結婚式場のような雰囲気《ふんいき》がある。

「ここ……本物の教会?」

「あ、すいません」

そこで、一悟は近くにいた女性係員に声を掛ける。

彼女に聞くと、なんでも、遊園地を貸し切りにして結婚式を開催するサービスを行っており、ここは式場のための教会なのだという。

いわゆる、テーマパークウェディングというやつだ。

「へぇ、凄い!」

「そうか……確かに、聞いたことがあるかも」

説明を聞き、一悟とルナは驚きの声を上げる。

「お二人も、こちらでお式を挙げてみませんか?」

そこで、女性係員がさらりと、そんな台詞を口にした。

「え⁉」

思わず、一悟は大袈裟《おおげさ》な声を上げてしまう。

「お似合《にあ》いですよ」

「そ、そうですか?」

どうやら、彼女には一悟とルナがカップルに見えているようだ。

内心慌《あわ》てながらも、なんとか平静を保とうとする一悟。

一方、ルナは顔を伏せながら、「そんなことないです……」と、小声で呟いた。

「そうだ。少々お時間いただければ、ウェディングドレスの試着もできるんですが、この機会にどうです？」

そこで、女性係員がルナに提案する。

「え？　試着、ですか？」

「本物のウェディングドレス以外にも、その格好《かっこう》で園内を歩き回れる体験用のレンタルドレスもあるのですが、折角《せっかく》だし本物を着てみては如何《いかが》でしょう？」

「あ、その、ええと、どうしよう……」

困惑《こんわく》するルナだったが、この女性係員は、「折角ですから！　極力時間も掛けないよう、スタッフ総出で支度《したく》しますので！」と、とても押しが強い。

もしくは、一目見てルナを気に入り、ウェディングドレスで着飾《きかざ》らせてみたくなったのかもしれない。

とにもかくにも、彼女にグイグイと迫られ、ルナはなし崩《くず》し的に教会の奥の方——試着室へと連れて行かれた。

一悟は別の待機室に案内され、そこで待つことに。

——数十分後。

「じゃーん！　どうでしょう、彼氏様！」

一悟の待つ待機室に、先程の女性係員が額《ひたい》の汗を拭《ぬぐ》いながら帰ってきた。

とても「良い仕事をした」というような表情をしている。

そんな彼女の後ろに続き、ウェディングドレスを纏《まと》ったルナが姿を現した。

「……………」

「ご、ごめんね、待たせちゃって。それに、似合ってないよね……」

そう申し訳なさそうに言うルナだが、一悟の印象はまったくの逆だった。

刺繍《ししゅう》の施《ほどこ》されたロングトレーンの、マーメードラインドレス。

両腕を覆《おお》うシルクのアームカバー、結《ゆ》われた黒髪《くろかみ》を覆うヘッドドレス。

純白の衣装を纏った彼女は、天使のように美しく、無垢《むく》で可憐《かれん》な印象をそのまま残し、そしてスパンコールの輝きに照らされ神々《こうごう》しくさえ見える。

純粋に、見惚《みと》れてしまった。

それは、彼女に朔良の花嫁姿を連想したからだろうか？

いや、違う。

今、理解した。

やっと、気付いた。

自分は、朔良を言い訳にしようとしている。

ルナに惹《ひ》かれるのは、朔良の姿をルナに重ねてしまうから。

そう言って、自分の本心に嘘《うそ》を吐《つ》こうとしている。

今ならわかる。

違うと断言できる。

ルナが、あの快活で、感情表現豊かで、幼くも魅力的な彼女が、神聖な存在になったような。

その事実に、自分は鼓動《こどう》を昂《たか》ぶらせている。

「あ、あの……こ、こういうちょっとセクシーというか、体のラインの出るドレスは、私には似合わないとは言ったんだけどね。あ、や、決してドレスが悪いというわけじゃなくて、私じゃ役者不足っていう意味なんだけど……」

無言で見詰《みつ》め続ける一悟を前に、いたたまれない気持ちになったのだろう。

係員に気を使いつつも、そう言い訳を重ねるルナ。

きっと、純粋に恥《は》ずかしいのだろう――それを誤魔化すように言葉を重ねていく。

「そんなことないよ」

そんなルナに。

「似合ってる」

真剣に、本心から、一悟は彼女の目を見てそう言った。

「凄く、綺麗だ」

「……っ」

微笑み、発せられた一悟の言葉。

その言葉を聞き、ルナは、密《ひそ》かに唇《くちびる》を強張《こわば》らせ、細かく肩を震わせる。

「あ、ありがとう。じゃあ、他のアトラクションも回りたいから、すぐに着替えてくるね」

「え……」

そう言い残し、ルナはさっさと部屋から出て行ってしまった。

「あら……あまり、お気に召さなかったのですかね。是非《ぜひ》写真もと思っていましたのに」

「……」

カメラの準備を始めていた女性係員と共に、一悟はルナの去って行った扉の方を、見詰める事しかできなかった。


——一方。

誰もいない試着室へと戻ったルナは、閉めた扉《とびら》に背中《せなか》を預ける。

そして、小さく、喉《のど》の奥から嗚咽《おえつ》を漏《も》らし——。

『綺麗だ』

一悟の浮かべた微笑み、一悟の心の籠《こ》もった言葉。

それを思い出し——。

「……う」

一人静かに、涙《なみだ》を零《こぼ》していた。

※ ※ ※ ※ ※

教会を出た後も、二人は園内の色々なアトラクションを回った。

やがて——。

「あ、見て、イッチ」

二人が辿《たど》り着いたのは、観覧車。

ここに来園する切っ掛けとなったアトラクションと言っていい、巨大な光の輪の前へとやって来た。

「そろそろ、時間だよね」

「ああ」

閉園時間までまだ余裕はあるが、ここから家に帰るとなると、それなりに遅い時間になってしまう。

夕方で日も沈み掛け、若干暗くなり始めた時間帯。

予定していた、撤収《てっしゅう》時間が近い。

「じゃあ、最後に観覧車に乗ろうよ」

ルナの提案を受け、一悟は彼女と共に、観覧車に乗ることにした。

係員に誘導され、降下してきたゴンドラへと搭乗《とうじょう》。

二人を乗せたゴンドラが地上を離れ、上空へと上っていく。

そして迫る、頂上付近。

そこから、地上の風景がパノラマとなって見渡せた。

「わぁ……前に見た夜景と一緒だ」

あの夜、サービスエリアの展望台から見た風景が、今はもっと間近にある。

「あ、見て、イッチ。あそこ、あのサービスエリアの展望台じゃない？」

窓の外に見える山の方を指さして、ルナがはしゃぐ。

彼女に言われ、よく注視してみると、確かに山の中腹《ちゅうふく》あたりにそれらしい施設と柵《さく》に囲われた展望台らしきものが見えた。

「なんだか不思議な感覚。あそこにいた私達が、あの時見てた風景の中にいるんだよね」

「確かに、言われてみれば」

あの夜眺《なが》めた、光り輝くイルミネーション。

今は、その風景がもっと間近で見渡せる。

「……凄く綺麗」

窓に手で触れながら、ルナはその光景を前に、うっとりと見惚れる。

「高いところ、平気なんだね」

散々ジェットコースターに乗って悲鳴を上げていた姿を思い出し、一悟が苦笑交じりに言う。

「別に、高いところが苦手なんじゃないよ」

それに対し、ルナは頬《ほお》を膨《ふく》らませながら答える。

「それに、絶叫マシンが好きなのは、イッチに思いっ切りギュッてくっ付けるからだよ。人目を気にせずに、ね」

そう言われ、頬を赤らめる一悟。

「そ、そうか……」と、誤魔化すように言う。

「あ、イッチ」

呼ばれ、一悟は顔を上げる。

ルナが、窓の外を見ている。

「もう、到着するよ」

「え」

下降していたゴンドラが、元いた地上へと到着。

窓が開き、係員に誘導され降りる二人。

「あー、楽しかった」

グッと背伸《せの》びをしながら、ルナが振り返る。

「そろそろ帰ろっか、イッチ」

「……………」

そう言って、ルナは遊園地の入り口へと向かっていく。

一悟はその背中を……何と言えばいいのかわからない表情で、見詰めていた。

「……あ」

そこで、一悟は気付く。

違和感の正体に、だ。

さっき、彼女の実家の話が出た時、そして、今の観覧車内での会話。

それぞれに、一悟が感じた違和感。

——ルナに、「また一緒に行こう」と言われなかったのだ。

楽しい時間を共有したにも拘《かか》わらず、ルナの方から、誘いの言葉がなかった。

実家に、遊園地に、また行こうと。

ルナなら、そう言いそうなのに……。

それが、違和感の正体だったのだ。

「……………」

いや、だから何だと言われたら、それまでなのだが……。

それが非常に、異常なほど、一悟の中で気に掛かってしまったのだ。

※　※　※　※　※

そんな感じで、一緒に楽しい時間を過ごした後、一悟とルナは車に乗り、二人の暮らす町へと帰ってきた。

もうすぐ、ルナの家に到着する。

（……そういえば、前に和奏さんとデートをした時には、最後に感想を言ったんだっけ）

ルナには、別れ際何と言えば良いのかな……などと、運転しながら考える一悟。

――後にして思えば、なんて暢気《のんき》な思考をしていたのだろうと、そう思う。

ルナのマンションまでもう間もなく。

見覚えのある駅前の風景が見え始めた――というところでだった。

「ここでいいよ」

そう、ルナが言った。

「え？」

一悟は車を道路脇に寄せ、停める。

「ルナさんの家までもう少し距離があるけど……何か用事があるのかい？」

「ねぇ、イッチ」

そこで、ルナが車の外へと降り、運転席側に回り込む。

何事か――と、窓を開けた一悟に、彼女は言った。

「ちょっと、歩いてもいい？」

「……歩く？」

言うが早いか、ルナは既に駅の方へと歩き出していた。

一悟は釈然《しゃくぜん》としないまま、車を道路脇の駐車スペースに寄せ、車を降りると彼女を追い掛ける。

そして、一悟とルナは、一緒に駅前の歩道を歩く。

石畳《いしだたみ》の道。

人の流れも少ない。

近くに、コンビニが見える。

（……そうだ）

ここは、一悟とルナが最初に出会った、あの道だ。

「ここで、イッチと初めて会ったんだよね」

数メートル先で立ち止まったルナが、そう言ったのが聞こえた。

……なんだ。

何か、嫌《いや》な予感がする。

「ルナさん?」

「イッチ、ごめんね。そこで、止まって」

ルナに駆《か》け寄ろうと意識した直前、彼女に制されてしまった。

行動を見透かされ、足が硬直《こうちょく》する一悟。

立ち止まった一悟に、ルナが振り返る。

「最後に、わがままを聞いてくれて……素敵《すてき》な思い出をくれて、ありがとう」

「え?」

「もう、いいよ」

微笑んで、ルナは言う。

「このまま、もう会わないようにしよう」

……最初、何を言われたのかわからなかった。

ルナの口から発せられた、初めての言葉。

一悟を拒絶する、初めての言葉。

その言葉に、一悟は絶句《ぜっく》するしかなかった。

「ル……」

「きっと、その方がいいんだって、納得できた」

言葉を失ったままの一悟に、ルナが続ける。

「もう、迷惑は掛けられない、イッチの人生の邪魔《じゃま》をするわけにはいかない……今更《いまさら》だよね。ごめんね、決断するのが遅くて」

「……そんな」

少しずつ、脳がルナの言葉を咀嚼《そしゃく》し始める。

彼女は、言っているのだ。

身を引く決意をしたと。

もう、今までのような関係も絶つし、それ以上の関係も望まない。

そして、一悟の前からも消える、と。

「イッチにとっても、過去と決別するいい機会だと思う」

「そんな……急すぎる」

混乱しながらも、一悟が必死に紡《つむ》いだ発言。

それを聞き、ルナはギュッと唇を噛《か》み締める。

「急かもしれない……けど、私はずっと……ずっとずっと、真剣《しんけん》に……考えてた」

向けられたルナの本気の表情に、一悟は何も言えなくなる。

「イッチの幸せを、私が邪魔してる。私がイッチを、忘れられない思い出で縛《しば》り付けてる。私のせいでイッチが前に進めない……なら、きっと、この方がいいって」

ふっと、ルナの表情が緩《ゆる》む。

「イッチは、和奏さんと結ばれる方が幸せだよ」

潤《うる》んだ双眸《そうぼう》が、街灯の光を反射している。

「それで、世界中が納得する」

「……………」

「未成年の私が、イッチと一緒にいたらいけない。色んな障害が立ちはだかる。自分はイッチに依存してる。依存して、執着して、迷惑ばかりを掛けちゃう。そして、恋人にはなれないからって、普通の、ただの知り合い同士に戻るのも……私には、辛《つら》い」

「……ルナさん」

「もしそうなったら、きっと私はまた、イッチの面影《おもかげ》を追って、心のコントロールができなくなって、また迷惑を掛ける事になると思う。だから、ここで、もう終わりにした方がいいんだよ」

「……本当に、君はそれで、本当に納得したのかい？」

気付いたら、一悟は問い掛けていた。

彼女の決意も何もかもを、台無しにするような問い掛けを。

「……納得は、してないよ」

それに対し、ルナは正直に答える。

涙が流れ落ちる。

懸命《けんめい》に、微笑みを浮かべ続ける。

「でも、他に何も思い浮かばないんだもん」

「……」

その言葉を聞き、ルナの本音を聞き、それ以上、一悟は何も言えなくなった。

「最後のお願い。私はイッチを忘れるから、イッチも私を忘れて」

やっと、やっとここに至って、一悟は知った。

ここまで彼女が追い詰められていたという事実を。

「ルナ、さん」

呼び止めようとする一悟。

しかし、ルナは振り返って走り出していた。

愛する人に背を向けて。

初めての恋、初めての失恋。

想い人へと抱いていた大きな愛は行き場を失い、だから自分でケリを付けることにした。

彼女の恋が迎えたのは、そんな無残な決着だった。

※　※　※　※　※

――翌日から、ルナは職場に来なくなった。

アルバイトを辞《や》めたのだ。

制服の返却等、諸々の手続きも郵送等を利用し、店に顔を出すことなく、驚くほど早急に終えられていった。

もしかしたらあの、和奏と一緒に一悟の家で話をした日には、こうすることを決めていて、着々と準備を進めていたのかもしれない。

一悟の前から姿を消す、準備を。

「なんでだぁ、ルナさぁぁん！」

休憩室《きゅうけいしつ》。

彼女の退職にショックを受けた青山《あおやま》が、大声で騒《さわ》いでいる。

「うるさいよ、アオヤン」

「ていうか、まだ諦《あきら》めてなかったのかよ」

そんな絶望状態の青山を、呆《あき》れ顔で見る石館《いしだて》、佐々木《ささき》、堀之内《ほりのうち》の女子大生三人組。

そう言う彼女達も、どこか元気がない。

「……でも、本当にどうしていきなり辞めちゃったんだろ、ルナちゃん」

寂しそうに、堀之内が言う。

彼女達も、ショックなのだ。

「一応、学業に専念するためっていう理由みたいだけど……やっぱり、この前のストーカー騒ぎが原因みたい」

そこで、眉間《みけん》に皺《しわ》を寄せながら、鷺坂《さぎさか》が説明する。

「実は、例のストーカー以外にも、テレビ番組の放映があった後、ルナちゃんの情報とか出勤する日を教えて欲しいって問い合わせが、いくつかあったらしいんだよね。当然、それは教えられないって対応者が断ってたんだけど、そういう電話が遂《つい》に本社まで行ったらしくて……」

「そんな大事《おおごと》になってたんだ……」

「で、色々と考えた結果、これ以上になるとお店に迷惑を掛けることになるかもしれないから、自分からここを辞めるって……そういう経緯だったみたい」

「嫌な世の中だねぇ」

鷺坂の話を聞き、園崎《そのざき》も嘆息《たんそく》を漏らす。

「………」

そんな彼女達の話を、一悟も同席し聞いていた。

確かに、先日逮捕されたストーカー以外にも、同様にルナに会いたいのか、接触を図るような問い合わせが何件か寄せられていたのは事実だ。

しかし、異常な数というほどのものではなく、あのストーカーほど粘着質《ねんちゃくしつ》で過激《かげき》なものはなかった。

本部に直接そういった問い合わせがあったという報告も受けていない。

おそらく、ルナがここを辞めるために、そして戻ってこないために、皆が納得する強い言い訳として捏造《ねつぞう》したのだろう。

ルナの退職には、一悟が関わっている——。

間違っても、そんな憶測《おくそく》が出ないように……と。

真実を知る一悟は、思い詰めた表情を浮かべ、グッと拳《こぶし》を握り締める。

「……店長」

そして、そんな一悟の様子を、和奏は心配そうに見詰めていた。

※　※　※　※　※

「店長、お時間よろしいでしょうか」

バックヤード。

その後、上の空となり掛けていた一悟に、和奏が密かに声を掛けてきた。

「少し、お話が……」

「……あ、はい」

一悟は和奏と共に、救護室《きゅうごしつ》へと向かう。

密閉《みっぺい》された空間。

ここなら、誰かに話を聞かれる心配はない。

業務に関する内密な話をする際にもここを利用する事が多いので、店舗メンバー達から不審がられる事もないだろう。

「……実は、星神さんが辞める前に、一度だけお店で、二人きりで彼女と会話を交えたんです」

「え……」

和奏の発した言葉に、一悟は動揺する。

「自分はここからいなくなるし、二度と店長の前に自ら現れるようなことはしない、だから、店長と自分との間にあった関係は、誰にも言わないで欲しい。糾弾《きゅうだん》しないで欲しい……と」

「……………」

先日のストーカー事件の一件や、和奏との会話の中で、ルナも存分に思い知った。

一悟と自分が一緒にいるということで、どんな問題が発生するかを。

今までは夢の中にいたようなものだったが、現実と向き合わされて、現実を突き付けられて、心が折れたのかもしれない。

「それに加えて、最近、あのテレビ放映の影響でお店への来客も増えており、工作教室やレクチャー教室への問い合わせや利用希望者も増加しています。変に注目されて、そこから何かバレるのではないかと、彼女も怖くなったのでは……」

「………」

和奏の話を聞き、一悟は衝撃を受けた。

自分の知らないところで、それだけルナが追い詰められていたという事実。

何より――彼女が、一悟のために行動していたという、事実が。

※　※　※　※　※

「………」

――その夜。

家に帰って来た一悟は、仕事着のままリビングのソファに横たわった。

思考が追い付かない。

心が晴れない。

ルナに別れを告げられた瞬間から、ずっと、そんな感じだ。

茫漠《ぼうばく》とした意識のまま、天井《てんじょう》を見詰める。

「……朔良」

ふと、最近、朔良との記憶を回想しなくなった、と考える。

あの秋口の頃、高校進学のことで彼女と会話をした、あの記憶が最後。

その原因は明白だ。

それ以降の思い出が……あまり、ないからだ。

……思い返せば、その頃からだっただろうか。

受験勉強を頑張《がんば》るからという理由で、朔良と会う機会がめっきりと減った気がする。

一緒に登校する事も、早朝の補習があるからと、あまりしなくなった。

時々会った時は、普通に接してくれたけど……。

もしかしたら、あの時にはもう、朔良の実家は事業に失敗し、彼女は大企業の社長との婚姻《こんいん》が決まっていたのかもしれない。

だから、一悟と顔を合わせることが、心苦しくなっていたのかもしれない。

……けれど。

それでも朔良は、志望の高校を受験した。

一悟と一緒に目指していた高校を受験し——そして、合格までした。

それは——。

「……僕との約束を、守ってくれようとしたからなのかな。僕と一緒の高校に行くっていう……」

呟き、黙《だま》り、苦笑する。

朔良も、ルナも――。

黙って、一悟に苦心させないよう、一悟のために行動して――。

「……」

もうそれ以上何も考えたくなくて、一悟は静かに瞼《まぶた》を下ろした――。

※　※　※　※　※

「イッチ」

そう呼ばれた気がした。

「……え？」

気付くと、一悟の目の前に、ルナがいる。

……いや、違う。

彼女は、朔良だ。

ルナと同い年くらいの見た目だが、纏っているのは記憶の中にあるセーラー服。

中学の頃の制服を着た、あの頃の朔良が、眼前《がんぜん》に立っていた。

「……朔良」

だから、一悟は動じることなく気付く。

これは夢だと。

家に帰って、心身《しんしん》の疲労《ひろう》から夕飯も取らず、ソファで寝落ちしたのだ。

「……そうか」

そして、同時に一悟は感付く。

この朔良は、一悟の心が生み出した幻想でしかない。

この朔良の言葉も行動も、すべて一悟の想像の産物でしかない。

にも拘わらず、こんな夢を見ているということは、そんな彼女に縋《すが》り付きたいほど、思い出の中の憧《あこが》れの人に縋り付きたいほど、自分は参ってしまっているということなのだろう。

最低の夢だ。

けれど……。

「朔良……どうすればいい」

一悟は、朔良にそう問い掛けていた。

「僕は君の……君の娘のルナさんに、君の面影を重ねている。あの頃の君と一緒にいられるようで、心地良さを感じている。そんなの、それでいいはずがないんだ」

まるで告解するかのように、懺悔《ざんげ》するかのように。

一悟は朔良に、胸の内を晒《さら》す。

「今、僕に好意を寄せてくれている人がいる。その人を選んだなら、幸福な未来を描けると思える……いや、この人と結ばれたなら、幸せにしてあげたいと思えるような、そんな人なんだ」

でも、そうなればもう、ルナと今のような関係は続けられない……。

……いや、それすらももう、終わった後。

優柔不断《ゆうじゅうふだん》な自分の代わりに、ルナが結論を出してくれた。

「……でも、心のどこかで、彼女を引き留めたいと思っている自分もいるんだ」

目の前からいなくなるなんて、そんなのは寂しすぎる。

決断したとは言え、そこまでの極論的な選択を強いられた、彼女の心の方こそ心配だ。

けれど、もう前までのような関係には戻れない。

「そんな関係でも続けられるのか、それで無事に済むのか、だったらもう彼女とは会わない方がいいんじゃないか……それが正解なのかどうか、どうすればいいか、わからないんだ」

一悟は、自嘲《じちょう》する。

自分自身を、侮蔑《ぶべつ》する。

「……常識も倫理観も、自分の心すら見失ってる。僕は、駄目《だめ》な大人だ」

「イッチ」

そんな一悟へ、朔良は言う。

「イッチ、本当はもう、答えが出てるんじゃない？」

朔良は真《ま》っ直《す》ぐな視線を携《たずさ》え、そう言う。

「……ああ」

……ああ、そうだ。

やはり、目の前の朔良は、自分の心の映し鏡だ。

――だから、もう一悟が、ルナに惹かれている、ルナを求めている、その答えを選んでいるという現実を、突き付けてくれた。

気付いていた。

いつの間にか、ルナに朔良の姿を重ねていないことを。

いつかルナが言った、お母さんの代わりではなく、私自身を好きになってもらう。

そう、もうそうなっていたのだ。

朔良とは違う、ルナ。

成長過程で、この世界の色んなものに触れて、新しい自分を発見して、喜んで、無邪気に笑う、あの娘を……。

「ルナさんを、僕は好きだ」

「うん」

朔良は頷く。

「二人の気持ちはわかった。でも、二人はちゃんと向き合ってないよね」

朔良は、優しく諭《さと》すように言う。

「向き合う……」

「まずルナは、イッチとちゃんと向き合ってない」

「……」

「あの娘は、また現実と本心の摺《す》り合わせに失敗して、その狭間《はざま》で何がしたいのかわからなくなってる。ルナに、きちんとイッチの事を見るようにさせてあげて」

そして──と、朔良は続けた。

「そのためには、イッチがまず向き合わないといけない」

「向き合う……何と？」

「現実と。きちんと、誠実に、真摯《しんし》に、現実と向き合って、答えを出して」

「……僕が」

「大丈夫」

朔良が、手を伸ばした。

指先が、一悟の手を取り、強く握る。

「イッチはもう、子供じゃない。どうにもできなかった、あの頃とは違うから。尻込《しりご》みせずに、考えて、答えを出して。人を傷つけることになっても、イッチが傷つくことになっても、後悔《こうかい》しないように、やってみて」

そして、朔良は微笑んだ。

「あの子はまだ子供だから、ちゃんと、その事に向き合わせてあげて。その上で、あの子の選択を聞いてみて」

「……ありがとう」

夢の中の存在。

妄想《もうそう》の産物。

自分の心の映し鏡。

でも、朔良は――やはり彼女は、一悟の背中を強く押してくれた。

一悟にとって、掛け替えのない、大切な存在だった。

「ありがとう、朔良」

「どういたしまして」

「……朔良、あの」

そこで、一悟は彼女に何かを言おうとして――。

言い掛けて、辞めた。

十五年ぶりに、言いたいことは山ほどある。

伝えたい気持ちも山ほどある。

けれど、言ったところで意味はない。

これは所詮夢幻《しょせんむげん》で、自分の気持ちの再確認で、そして、言うべきではないとわかっているから。

「……いや、いい」

「うん、私も」

朔良も言う。

「私も、イッチと同じ気持ち。だから、イッチにはもう、何も言わない」

朔良の姿が、薄《うす》れていく。

消えていく。

夢が醒《さ》めようとしている。

こんな都合《つごう》の良い夢は、これで最後かもしれない。

本当なら、もっと夢の中にいても良いのかもしれないが、これで良い。

ただ最後に、たった一言だけ、朔良の声が聞こえた。

「幸せになってね、イッチ」

※　※　※　※

――リビングのソファの上で、一悟は目を覚ました。

「……………」

涙が頬を伝う。

朔良の姿を見送った時、泣いてしまっていたようだ。

それを拭って、一悟は立ち上がる。

壁に掛かったカレンダーに視線を向ける。

シフト上、今日から二連休なのを確認する。

「……よし」

するべき事は決まった。

選択は、決まった。

現実と向き合おう。

決意を新たに、一悟は携帯を取り出した。

第六章　それが恋というもの

You are
the daughter of
my first love,

――その日の夜、一悟《いちご》は和奏《わかな》と会う約束をした。

待ち合わせ場所をどこにするか悩《なや》んだが、街中のとある居酒屋《いざかや》を指定する。

予約した個室の中。

そこで、一悟は約束の相手が来るのを待っている。

やがて――。

「遅くなりました、申し訳ありません」

約束の時間から数分遅れて、彼女はやって来た。

和奏だ。

「すいません、仕事帰りに呼び出すような事をして」

「いえ、大丈夫《だいじょうぶ》です」

おそらく、和奏自身もなんとなく、どんな話をするのか察《さっ》していたのかもしれない。

勤務終わりだが、仕事着は着ていない。

きちんと私服に着替え、髪《かみ》や格好《かっこう》も整えられている。

きっと、急いで、一悟に会うために準備してきたのだ。

そんな背景が見て取れて……一悟は、心が締《し》め付けられる思いになった。

「……ふぅ」

だが、言わなければならない。

和奏に、自分自身の答えを。

「和奏さん……先日、またデートをするという約束をしたばかりで、こんな事を言わせてもらうのも、申し訳ないのですが……すいません、答えを出しました」

そして、和奏に深く頭を下げ、一悟ははっきりと、意思表示する。

「ごめんなさい、和奏さんの想いには、応えられません」

「……」

顔を上げる。

しっかりと、和奏と向き合う。

向かいの席――先程まで微笑《ほほえ》みを浮かべ、紅潮《こうちょう》していた和奏の顔から、少しずつ、熱が失われていくのがわかる。

目線が下を向き、唇《くちびる》が横にクッと引かれる。

ああ、傷つけてしまったのだと。

自分を好いてくれている、特別に見てくれている、素敵《すてき》な人の、純粋《じゅんすい》で綺麗《きれい》な想いにヒビを入れて壊してしまったのだと、一悟は自覚する。

苦しい。

時間を戻したい。

今更《いまさら》、恥《はじ》も外聞《がいぶん》もなく、そう考えてしまう。

でも、振り返ってはいけない。

立ち止まってはいけない。

誰かを選ぶということは、誰かを選ばないということ。

こういう結果になれば、相手を傷つけることになるし、自分も傷つくことになる。

それを、自分は覚悟《かくご》の上で言ったのだ。

それは、彼女だって覚悟していたはずの事だから。

「僕には今、見捨てられない、放っておけない、大切な人がいます。だから、和奏さんと恋人になる事はできません」

一悟は、そう正直に告げる。

「……わかりました」

和奏はそれ以上言及《げんきゅう》しない。

一悟が誰のことを言っているのか、彼女も知っているからだ。

「店長……私なんかのことを、真剣《しんけん》に考えてくれて、伝えにくいことを伝えてくれて、ありがとうございます」

　むしろ、一悟に感謝の言葉を返す和奏。

　その顔は凛々《りり》しくて、しっかりしていて、尊敬《そんけい》の念すら覚える表情だった。

「正直に言うと、なんとなく、こうなることはわかっていました」

「え……」

「彼女には、店長が必要で。店長にも、彼女が必要……なんだって、先日星神《ほしがみ》さんとお話しした時、直感で思いました」

「それは……ルナさんが、店を辞《や》める時に」

「はい。彼女が退職する前に、一度、私に話をしに来たと、お伝えしましたよね。星神さんは、店長を守るために私のところに来て必死で懇願《こんがん》しました。その場で、土下座《どげざ》までしようとしたんです。十五歳の女の子がです」

「……」

「どうか、今後一切店長には会わないので、彼と自分の関係のことは忘れて欲しい、って……店長と彼女は、本当に強い絆《きずな》で結ばれてるんだなって、その時、思いました」

　えへへ、と笑う和奏。

　強がりなのか、気を使っているのか、それはわからない。

　わからないが、そんな彼女の気丈《きじょう》さが美しく思える。

本当に、改《あらた》めて……こんな魅力的な人が、自分に好意を抱いてくれていたということが誇《ほこ》らしく……そして、申し訳ない気持ちが止まらない。

「ちょっと、恥《は》ずかしい話をしてしまいますけど……」

「はい」

「私、店長が初恋の人だったんです」

再び頰《ほお》を赤らめながら、和奏は語る。

どこか、すっきりしたような声にも聞こえる。

「その、一人の男の人を、明確に好きだって、そう意識するのは初めてのことだったので。こんな体験をさせていただいたこと、とても感謝しています……ごめんなさい、最後にこんな重い事言っちゃって」

「いえ、嬉《うれ》しいです」

一悟も、そんな彼女の言葉を一つ一つ受け止める。

「だから……私の中で、一つ踏《ふ》ん切りが付きました」

そこで和奏は、ゴホンと咳払《せきばら》いをし、そう切り出した。

「え？」

「実は、少し前、本社の方から店長昇進《しょうしん》のオファーが来ていたんです」

「店長昇進……」

「はい。今まで出店したことのない地域への初出店店舗の店長だそうで、返答まで時間はくださるという話でした。私としては、まだ経験を積みたいということでお断りしようかと考えていたんです……本当は、不純《ふじゅん》な動機ですが、店長の近くにいたかったから」

照れながら言った後、和奏は目線を上げる。

「でも、これを機に受けようと思います。再出発には、いい機会だと思うので」

「……和奏さん」

和奏の覚悟を決めるような発言に、一悟は今一度、頭を下げる。

「おめでとうございます……で、いいのかな。昇進するわけですから、栄転《えいてん》ですね」

「ふふ、ありがとうございます」

微笑《びしょう》を湛《たた》え、一拍《いっぱく》置くと、

「だから、というわけじゃありませんが、私もこのお店からいなくなるので、気にしないでください。もう忘れてください」

そう、和奏は言う。

「そして、幸せになってください、店長。障害や、乗り越えなくちゃいけないハードルも多いと思いますが、少なくとも私は、そう願わせてもらいます」

「……はい。和奏さんも、絶対に——」

『きっといい人が見付かる』『今度こそ素敵な恋ができる』。

そんなことを、軽々しく言っていいのかもわからない。

だから、一言だけ言う。

言いたいことはたくさんあるけど、言うべき言葉は限られる。

昨夜の、朔良の時と一緒だ。

自分は、それだけ素敵な女性達と出会えているのだと、改めて実感した。

「幸せになってください」

そう、一言だけ、和奏に告げる。

「はい」

和奏は、その顔に晴れやかな笑みを浮かべて、一悟に答えてみせた。

※　※　※　※

「……はぁ」

居酒屋を出て、一悟と別れた後。

しばらく歩いて、和奏は寒空《さむぞら》の下で息を吐《つ》いた。

居酒屋での待ち合わせということだったので、念のため、車ではなく公共交通機関でここまで来たのだ。

結果、お酒はおろか食事すらしなかったので、無駄《むだ》な気遣《きづか》いに終わったという感じだが。

「……無駄、か」

休日の彼に呼び出され、会うのが嬉しくて。

急いで家に帰って、髪を整え、服を選んで、少しの緊張と心配を抱《かか》えながら、けれどそれ以上の期待を抱《いだ》いてやって来て。

そして、失恋をした。

心に、ぽっかり穴が空いた気分だ。

一悟に向けていた、好意。

彼と過ごした記憶。

好きだった顔、表情、動作、仕草《しぐさ》……。

それらすべてに対し、おかしいくらい愛《いと》おしく思い、反応してしまった自身の感情の数々。

そして、考えていた、夢のような幸福な未来。

あんなことをしたい。

こんな場所に行きたい。

一緒にこうやって過ごしていきたい。

そんな想いのすべてが、可能性すらも消えてなくなって、胸の中にあまりにも大きな空虚《くうきょ》だけが残された。

（……お酒も、結局一緒《いっしょ》に飲みに行けなかったな……）
でも、仕方がない。
これが恋なのだ。
これが失恋なのだ。
自分が初めて味わった、恋という残酷《ざんこく》な感情の、一つの結果なのだ。
（もう恋なんてしない……なんていう人の気持ちが、ちょっとだけわかりそう）
今まで一度も共感……というか、実感もなかった言葉が、今は痛いほど身に染みる。
それがなんだかおかしくて、和奏はくすりと笑う。
「……令《れい》ちゃんに慰《なぐさ》めてもらおうかな」
立ち止まり、和奏はバッグから携帯を取り出す。
細江《ほそえ》の番号を指定し、電話を掛ける。
繰り返しになるが、先程の居酒屋では何も注文しなかった。
これからどこかで食事、なんなら、お酒を飲みに行っても良いかもしれない。
彼女なら喜んで乗ってくれるはずだ。
つまみになる話も、あるんだし。
『あーい、もしもーし』
受話器の向こうから、変わらぬ陽気《ようき》な声が聞こえた。

「あ、令ちゃん」

『ああ、ワカナナー？　どうしたの、こんな時間に？』

「えーっと、あのね、報告というか……」

途端《とたん》、声が詰まった。

たった数文字の言葉を喉《のど》から出すだけなのに、息苦しさとやるせなさが急に襲ってきた。

「あのね……」

『……ワカナナ？』

細江の心配するような声が耳朶《じだ》を打つ。

唇が震《ふる》え、目頭が熱くなり、気付けば涙《なみだ》が溢《あふ》れていた。

「……店長に……ふられ、ちゃった」

もうちょっと、ちゃんとした言い方だってできたはずなのに。

なんで、子供みたいな語彙《ごい》で、自分自身が一番傷つくような言い方をしてしまったのだろう。

なんで、心の底から悲しみたいなんて、思ってしまうのだろう。

彼の前では気丈に振る舞えていたのに。

自分じゃない、別の人との仲を応援だってできたのに。

わからない。

わからない。

でも、これが恋をするって事なんだ。

そう、和奏は深く思い知った。

「私……ふられちゃったよ、令ちゃん」

『……ワカナナ、今どこにいる？』

嗚咽《おえつ》交じりの声に、受話器の向こうの親友は、優しく声を返してくれる。

『今から会える？　飲みに行こうよ』

「……うん」

待ち合わせ場所は、和奏が今いる場所。

細江が向こうからここまで来てくれるのだという。

良かった、彼女が友達で。

ふと、和奏は店のショーウィンドウに映った自分の姿を見る。

感情が溢れ、くしゃくしゃになった表情は、やはり恥ずかしい。

でも、整えた髪を見て、着飾《きかざ》った服を見て、大好きな人と共有する時間にわくわくした心を思い出して。

「……全部、無駄なんかじゃなかった」

和奏七緒《ななお》が、釘山《くぎやま》一悟を好きになったことは、無駄なんかじゃなかった。

本気で、そう思えた。

※　※　※　※　※

「……はぁ」

――一方。

和奏と別れ、居酒屋を出た一悟は、そのままコインパーキングの車に戻らず、しばらく寒空の下を歩いていた。

和奏との決着で、想像以上にダメージを負った感覚がある。

でも、それは彼女の方も一緒だ。

傷付いたし、傷付けた。

それを自覚し、だからこそ、前に進まなければならない。

そう、まだ終わりじゃない。

これで終わりじゃない。

心を落ち着かせ、駐車場に停めていた車に戻ると、携帯を操作する。

メッセージアプリを開き、ルナとの会話のメモリーを見る。

先日、最後に別れた時から、彼女に何度かメッセージを送っているが、返答がない。

自分の送った、彼女を心配する言葉の数々が、既読《きどく》も付けられることなくそこに放置されている。

無視しているのか、一悟のアドレス自体をもう抹消《まっしょう》してしまっているのかわからないが、おそらく電話を掛けても通じないだろう。

「……よし」

そうなれば、取るべき行動は一つだ。

迷い悩み、遠回りする道ばかり選んでいた、最初の時とは違う。

己がすべき事を決め、一悟は鋭《するど》い眼差《まなざ》しで眼前《がんぜん》を見据《みす》えた。

※　※　※　※

――翌朝、早朝。

一人の女子高生が、マンションから出て来た。

姫須原女学院付属高校《ひめすばるじょがくいんふぞくこうこう》の制服を纏《まと》った少女は、ぼうっとした表情で、とぼとぼと人気《ひとけ》のない路地を歩き進む。

ルナだ。

「………」

彼女の住む区域は、朝のこの時間帯はほとんど人がいない。

朝靄《あさもや》の中、ぼやけた陽光が降り注ぎ、鳥の囁《ささや》くような鳴き声だけが路地に響く。

そんな駅まで続く道を、彼女は無為《むい》に歩を進める。

「……」

影のある表情。

光のない目。

まるで、希望の欠片《かけら》も残らぬほど、大切な何かを奪われたかのように。

人形のように感情をなくした彼女は、黙々《もくもく》と、ただ日々の義務をこなすためだけに生きているようだった。

「……ルナさん」

——誰かが、そんな彼女の名前を呼んだ。

その声を聞き、その声に鼓膜《こまく》を震わされ、ルナは一瞬の間の後、目を見開いて顔を跳《は》ね上げる。

そこに、一悟が立っていた。

「……え」

驚き、言葉をなくすルナ。

しかし、その顔には先程まで消失していた感情というものが戻ってきていた。

そんな彼女へ、一悟が歩み寄る。

ルナは、思わず一悟から逃げようとした。

だがそれよりも先に、一悟が距離を詰める。

彼は今、ルナが見たことのない顔と目をしている。

それに気圧《けお》されたということもあるが、ルナは動けなかった。

「あ、の……」

「ルナさん、今、大丈夫かい？」

律儀《りちぎ》に確認を取る一悟に対し、ルナは動揺《どうよう》を隠《かく》せない。

こんな風に普通に会話をするには、あまりにも色々なことがありすぎた。

どういう顔で、どういう態度で、彼の前にいればいいのか、ルナにもわからないのだろう。

そんなルナに、一悟は覚悟を伝える。

硬直《こうちょく》した彼女の肩に手を置き、すっと顔を近付ける。

——一悟は、ルナの頬にキスをした。

「……え」

呆然《ぼうぜん》とするルナに、一悟は恥ずかしそうに言う。

「……ごめん、覚悟を伝えるいい方法が他に思い付かなかった」

だから、かつてルナが、一悟への想いを抑え付けられず、そうしたように。

一悟も、彼女に唇で触れることにした。

……頬にしたのは、少しは理性があったからだ。

そんな一悟の行動に、選択に、ルナは泣きそうな顔を向ける。

未だに状況が飲み込めないのだろう。

混乱は強まっているかもしれない。

――一悟のした行動が、行為が、そんな事が起こるはずがないという、切り捨てたはずの幸福の象徴だったから。

「なんで……だって、和奏さんは……」

「和奏さんとは、昨日の夜に話をしてきたよ」

具体的なことは言わない。

だがそれだけで、一悟がどういう決断をしたのか、ルナには理解できた。

「どうして……和奏さんは、イッチのことが大好きで、素敵な人で……」

「ああ。でも、僕は、君を選んだ」

「……駄目《だめ》だよ」

今にも泣き出しそうなくらいに眦《まなじり》に涙を湛え、表情を歪《ゆが》め、ルナは懸命《けんめい》に言葉を紡《つむ》ぐ。

「イッチは、私にお母さんの面影《おもかげ》を見てるだけで、そんな私と一緒にいたんじゃ、幸せに……」

「朔良《さくら》は関係ない」

対し、一悟は引き下がらない。

「確かに、僕は君に朔良の面影を重ねていた、その事実は認める。でも今は関係ない。今の僕《ぼく》は、君自身を見ている」

「………」

「……と言っても、朔良のことを本当に、完全に忘れるなんて、できないと思うけど」

一悟は苦笑する。

情けない事を言っている自覚はある。

でも、それは事実であり、そしてルナを愛する立派《りっぱ》な理由の一つでもあるのだ。

認めなくてはならない。

認めて、認めた上で、受け止めなくてはならない。

「僕は君を通して、朔良の亡霊《ぼうれい》を見ていた。それは、君に対しても朔良に対してもひどい事だと思う。そんな朔良に対する贖罪《しょくざい》の気持ちも含めて、君を選ぶことが僕の答えだ」

「……本当に、いいの？」

ルナはまだ半信半疑《はんしんはんぎ》だ。

そうだろう。

すべて諦《あきら》めたのだ。

夢物語は直視しないことにしたのだ。

そんな彼女の前に、一悟が戻ってきた。

その現実を、まだ受け入れられないのだろう。

「私が一緒にいたんじゃ、イッチに迷惑《めいわく》ばかり……」

「五年欲しい」

だから、一悟はルナに提示する。

ルナを選ぶということの責任と、そのために自分が何をするのか。

どんな覚悟を持っているのかを、示す。

現実と向き合う——それが、一悟が朔良から言われた、しなくてはいけない事。

「ルナさんが成人する二十歳《はたち》という年齢……大人になるまで、それまで待って欲しい。そうなれば、社会的に問題はない。その五年間だけは、大人と子供として過ごして欲しい。将来を誓う……という風に言えばいいのか」

「………」

「わかっている。君にとっての五年は長いかもしれない。その間、君のあらゆる自由意思を奪《うば》う形になるかもしれない。君が恋人と望むような、大手を振って体験したい事を、ほとんどできないかもしれない。でも、僕と君の望む関係は、今すぐに形成できるものじゃない。その代わり、君に待ってもらっている間に、僕も、成人を迎えたばかりの一人の女性と共に生きる……そのための準備はちゃんと終えておく。これが、僕の覚悟だ」

自身の胸に手を置き、真剣に、本気で、一悟はルナへと告げる。

「あまりにも重い選択なのはわかっている。でも、君がそれでもいいと言うなら、どうか、僕を選んで欲しい」

「……イッチ」

冷静で社会的常識を踏まえつつも、それでもルナと共に生きることを決心した一悟が、懸命に出した答え。

その想いを聞き、ルナは。

その想いを受け、ルナは——。

「……ごめん、ごめんね、イッチ」

目を潤《うる》ませ、涙を流す。

彼女が抱いた感情が何なのか、一悟もわかっている。

「私、今……——すごく、怖《こわ》い」

そう、恐怖だ。

ルナと一悟は、今、本当の意味で向き合った。

片方から一方的に与えるでもなく、いなすでもなく、互いが互いの存在を直視した。

そしてルナは、一悟から向けられた強い愛情に、どう答えれば良いのか、答えられるのか、怖くなったのだ。

同時に、自分が一悟に対して今までやっていた事の残酷さを思い知った。

自分を見て欲しい、好きになって欲しい、振り向かせる、選ばせてみせる。

一方的に愛情を向けて、全部自分の中で完結させて。

一悟のルナへの想いすら無視していた。

先日、一悟の家で和奏から社会的制裁の話を聞かされた時にも感じた恐怖だ。

自分の未熟さを、一悟に背負《せお》わせていた負荷《ふか》を、思い知り、恐怖を実感したのだ。

「ごめんなさい」

泣き崩《くず》れるルナの体を支えるように、一悟は腕を回す。

「それは、仕方がない。まだ君は子供だから。そんな君が大人になるまで、一緒に歩いて行きたいんだ。まずは、自分が子供であるということを自覚する。そこからが、成長の始まりだ」

一悟は、ルナの頬に再びキスをする。

「今はこれが精一杯《せいいっぱい》だけど、決意の証《あかし》と受け取って欲しい」

早朝、朝靄が包む、息が詰まるような静寂《せいじゃく》の中。

一悟は、泣きじゃくるルナの体を、可能な限り優しく抱き締め続けた。


——やがて。

腕の中に抱いていた、彼女の体の震えと、嗚咽がやむ。

「イッチは……本当にいいの？」

胸に顔を埋めたまま、ルナは一悟に問い掛ける。

「私なんかのために、こんな……」

「考えた」

一悟は言う。

腕の中のルナへと。

「君が僕との決別を決意するために、どれだけ辛《つら》い思いで、時間を掛けて決断を下したのか……それはわからない。君が苦しんだ時間に匹敵《ひってき》はしないかもしれないけど、それでも、君と同じだけ真剣に考えた答えだと、自負《じふ》はしている」

「ごめん……本当に、本当に――」

そこで、ルナは問い掛けるのをやめた。

不安も、恐怖も、やっと飲み下した。

一悟の強い想いに寄り添われ、本当の意味での決心がついたのかもしれない。

「……ううん、ありがとう」

そして、ルナが一悟の胸に埋めていた顔を離す。

二人は見詰め合う。

涙で潤んだ瞳《ひとみ》、赤く腫《は》れた瞼《まぶた》、紅潮している頬。

痛々しくも見えるその顔には、けれど、笑顔が湛えられている。

「私の答えを、聞いてください」

「……ああ」

「お願いします」

先刻の、一悟の宣言に対し、ルナは答える。

「私を……私を、あなたの恋人にしてください」

一悟とルナの物語――その始まりの言葉。

けれど今回は違う。

問い掛けではなく、返答の言葉。

そして、その言葉がすべてだった。

ただ微笑み、視線を交わした。

再び、歓喜《かんき》を分かち合うように互いの体を抱き締め合う。

それで十分、二人は通じ合えていた。

エピローグ　君は初恋の人の娘、だった

You are the daughter of my first love.

「和奏《わかな》さん、今までお世話になりました！」

「異動先《いどうさき》のお店でも頑張《がんば》ってください！」

――時は流れ。

今日は、転勤《てんきん》が決まった和奏の、現店舗での最終出勤日《しゅっきんび》である。

旅立つ彼女に、店舗メンバー達が花や色紙、送別の品と餞《はなむけ》の言葉を贈っていく。

「皆さん、ありがとうございます」

と、和奏も寂《さび》しそうな表情を浮かべている。

「和奏さんも遂《つい》に店長かー」

主婦パートやアルバイト達が、しみじみと言う。

「女性店長も今の時代は珍《めずら》しくなったけど、和奏さんにとっては栄転《えいてん》だからね」

「頑張って」

そんな感じで、店舗中の皆から次々に声を掛けられていく和奏。

みんな、やはり彼女のことが好きだったのだろう。

正社員からアルバイトにまで、惜《お》しまれながら別れの挨拶《あいさつ》を告げられていっている。

そんな光景を、一悟《いちご》は遠目《とおめ》に見守っていた。

――やがて、閉店時間も過ぎ、いつも通り、店の中には一悟と和奏だけが残された。

「……では、本日の報告は以上です」

「はい。お疲れ様でした」

いつも通りの定例作業。

和奏からの業務報告が終わる。

「それと、お世話《せわ》になりました、和奏さん」

この店での業務を終えた和奏に、一悟は頭を下げる。

「明日からは、押方《おがた》さんが副店長ですね」

「ええ、なんだか不思議な感覚ではありますが」

和奏が転勤した後の後任《こうにん》は、現ＦＬ《フレンドリー》ラインマネージャーの押方が昇格して副店長となり、後任に収まる形となった。

彼も彼で、和奏から今日まで引き継ぎを受けつつも、必死に副店長業務を習得している最中である。

（……こんな時間も、今日で最後か）

和奏の姿を見詰めながら、今更《いまさら》そんな感慨《かんがい》に耽《ふけ》る一悟。

「こんな時間も、今日で最後ですね」

そこで、一悟が思い浮かべていたのと同じ台詞《せりふ》を、和奏が口にした。

「そ、そうですね」

慌《あわ》てて返答する一悟。

思わず、ドキリとしてしまった。

「あ、でも、この会社に勤《つと》めている以上は、またどこかで僕と職場が同じになるかもしれないですね。というか、店長会議や出張でまたすぐに再会したりして」

「ははは、そうですね」

笑い交じりに、あっけらかんとした表情を浮かべている和奏。

……なんだか、一悟の事はあまり引きずっていない感じ……というか、むしろすっかり割り切れているという雰囲気《ふんいき》だ。

それがちょっと寂しくもあるけど、でも、清々《すがすが》しい。

「あ、そうだ、これ」

そこで、一悟は机の横、仕事鞄《かばん》の隣《となり》に置いてあった紙袋を持ち上げる。

一悟が個人的に用意していた、和奏への送別の品である。

「え、そんな、わざわざありがとうございます！」

一悟からそれを受け取り、頭を下げる和奏。

「もう既《すで》に、みんなから色々とプレゼントされてるので、荷物になっちゃうかもしれませんが」

一悟は、和奏に渡した紙袋を指さす。

「中、見てみてください」

一悟に言われ、和奏は紙袋を開け、中身を取り出した。

「あ……」

一悟が渡したのは、ワインとワイングラスだった。

「これって……」

「あの酒屋さんに並んでいた商品です」

先日、最初で最後になってはしまったが、あの和奏とのデートの時。

彼女と一緒にショッピングモールの中を回っている時に目に留まった、あの酒屋で売っていた商品である。

フランス産の、少し高級な赤ワインと、ワイングラス。

「買ってきました」

「……」

こうやって、あの日のことを、思い出話のように交える。

互いに、それに心を引きずられるでもなく、そんなこともあったね、と気軽に言うように。

それが、今の一悟と和奏の関係なのだ。

一悟も大人で、和奏も大人で、そして誠実だった。

だから、こういう風になれたのだと……誇《ほこ》りに思う。

「では、今までありがとうございました。僕はもうちょっと資料整理をして、その後帰りますので」

「……はい、わかりました」

そう言って、彼女を送り出す一悟。

それに対し、和奏は少し、残念そうに顔を俯《うつむ》かせた。

「もう少しだけ……」

「え？」

何かを言い掛けた和奏に、一悟は振り返る。

そんな一悟の姿を見て、和奏は首を横に振った。

「店長、本当に、ありがとうございました」

少し眉尻《まゆじり》を下げ、眩《まぶ》しがるように目を細め。

「さようなら」

それだけ告げて、和奏は事務所から――一悟の前から去って行った。

「……さようなら」

その背中《せなか》を、一悟も見送った。

※　※　※　※　※

一日の仕事を終えて、一悟は帰路につく。
向かう先は自宅……ではない。
車を走らせること、数十分。
一悟は、一棟のマンションに到着する。
閑静《かんせい》な区画に聳《そび》え立つ、それなりの高級マンション。
車を近くのコインパーキングに停め、大きな玄関《げんかん》へ。
エントランスでチャイムを鳴らし、家主の許可をもらうと、開閉した自動ドアを潜る。
階段を使って二階へ。
踊り場を曲がってすぐの部屋が、目的の場所。
「おかえり、イッチ」
扉《とびら》を開け、今日もルナが出迎えてくれた。
「ただいま」
先日の彼女への告白で、ルナは一悟の想いを受け止めてくれた。
ちなみに、一悟の店のアルバイトにも復帰している。

彼女が戻ってきた時の、他の社員達の喜びようったらなかった。

雄叫《おたけ》びを上げて感激している青山《あおやま》には、少し申し訳ない気持ちになったが。

とは言え、お店では今まで以上に、一悟とは一線を引いた関係を心掛けている。

あくまでも表向きは、同じ職場の店長とアルバイト。

それ以上の関係性は見せない。

その代わり、そうじゃない時は、こうして濃密な時間を過ごすようにしている。

「夕ご飯、用意してあるよ」

「いつもありがとう」

彼女の部屋に上がれば、既にリビングの机の上には料理が並んでいた。

「今日は、ちょっと新しい料理に挑戦してみたんだ。えへへ、花嫁修業《はなよめしゅぎょう》」

「ちょっと気が早すぎるんじゃないかな？」

楽しそうに笑うルナに一悟が言うと、「五年しかないんだから、今から準備しないと」と、彼女は張り切った表情を見せる。

結婚する気満々の彼女に、一悟は、自分から言い出したこととはいえ、少し気恥《きは》ずかしい気持ちになった。

（……しかし、いざ結婚するとなったら、おじさん達に挨拶しに行くのか）

二人は、どんな顔をするのだろう。

娘の幼馴染《おさななじ》みと、孫《まご》が結婚するとなったら。

おばさんは割と受け入れてくれそうだけど、おじさんはどうだろう。

ちょっと怖《こわ》いような……。

そんなことを考えながら、一悟はルナと夕餉《ゆうげ》を食べ終える。

ご飯を食べ終わったら、ゆったりと団らんの時間だ。

「イッチ、こっちに来て」

何やら、ルナが一悟を誘ってくる。

見ると、ベッドの近くに大きめのクッションが置かれていた。

座ると体全体が沈み込みそうな、いわゆるビーズクッションというやつだ。

「今日買ったんだ。〝大人も駄目《だめ》にするビーズクッション〟だって」

「へぇ」

「凄《すご》くふわふわで、気持ちいいんだよ」

ルナは、まるで一悟を誘惑するように、手招きする。

悪戯《いたずら》を企《くわだ》てる子供のような表情で。

「イッチも、駄目《だめ》になっちゃっていいよ」

「……えー」

口では不服そうにしながらも、言われるがまま、一悟はビーズクッションに腰《こし》を落とす。

軽く体重を掛けると、背中から頭にかけて、柔《やわ》らかな粒子状《りゅうしじょう》の低反発材《ていはんぱつざい》の中に沈み込んでいく感覚がわかった。

「本当にふわふわだ……」

と、心地の良さに若干《じゃっかん》の眠気すら覚えていると、そこで、一悟の膝《ひざ》の上にまた別の柔らかい感触が加わる。

「あ……」

ルナが、一悟の膝の上に座っていた。

「ね、ふわふわでしょ」

そう言いながら、ルナは一悟の体に、甘えるように自身を擦《す》り付ける。

確かに、ルナもふわふわだ。

軽く、柔らかく、触れれば簡単な力で傷付けてしまいそうなほど、繊細で脆《もろ》く思える存在。

誘惑するルナに、「まったく……」と、一悟は腰に手を回し、優しく抱き締める。

「えへへ」

こそばゆそうに笑うルナ。

相変わらず、大手を振って表を歩ける関係ではないが、こうして二人だけの空間でなら、最近はこうやって過ごしている。

「ねぇ、イッチ」

「うん？」

ルナが、熱の籠《こ》もった声で囁《ささや》く。

「キスしたい」

「いいよ」

ルナが顔を寄せる。

一悟の頬《ほお》に、キスをする。

それにお返しするように、今度は一悟がルナの頬にキスをした。

「んー」と、むず痒《がゆ》いような声を漏《も》らし、ルナが一悟の胸に顔を埋める。

「……口は駄目《だめ》？」

熱っぽい視線を携《たずさ》えそう誘ってくるルナ。

それに対し、一悟は「まだ駄目《だめ》だよ」という。

「もう、何回もしてるのに？」

「何回かしてるけど、全部事故みたいなものだからね」

一悟の店に内緒《ないしょ》でアルバイトとして就職した時と、夏祭りの後、一悟の家で寝ている一悟にしたもの。

両方とも、互いに求め合ってのものではない。

ルナは、こうやって晴れて相思相愛《そうしそうあい》になった一悟に、積極的に迫ってくる事が多々ある。

それに対し、一悟はあくまでも「五年経《た》ってから」という誓いを守るようにしている。

「えへへ、大丈夫《だいじょうぶ》だよ」

無論《むろん》、ルナもそれはわかっている。

「五年後、楽しみにしてるね」

唇《くちびる》に指先を当て、ルナは言う。

先日の一件で、ルナも成長した。少しだけ、大人になった。

一悟の決意を受け止め、時間を掛けて成長していく事を受け入れた。

相変わらずな関係性だし、障害も多い。

今、目に見えているものだけではなく、気付かないだけで待ち受けているものも多いかもしれない。

「あーあ、やっぱり長いなぁ。早く二十歳《はたち》になりたい。あ、でも、結婚は十六歳からできるんだよね？　早くウエディングドレス着たいなぁ。そうしたら、あの遊園地の教会で結婚式しようよ。お世話になったしね」

「はは、いいね。でも、どちらにしろ二十歳。そこは譲《ゆず》らないからね」

「真面目《まじめ》だね、イッチ」

ルナは目を閉じて、一悟の首元に顔を寄せる。

「でも……うん、大丈夫だよ。待ってるね、イッチ」

待たされているはずの彼女が、そう言う。

彼女が二十歳の時、一悟は三十三歳だ。

年の差、十三歳。

その年齢差が及《およ》ぼす影響は、今はまだそこまでではないが、ゆくゆくは確実に表れるはずである。

社会的通念の観点もある。

和奏はまだ自分達の関係性を受け入れてくれたが、すべての人間がそうだとは思わない。

あのストーカーのように、悪意を持って接してくる者だっているだろう。

挙げていけば、いくらでも問題点は列挙できる。

今まで以上に細心の注意を払って、そして、覚悟を持って挑《いど》んでいかないといけない。

それでも、彼女を待たせている以上、彼女にそんな覚悟をしてもらった以上、自分もそんな彼女を守らないといけない。

その覚悟を、揺《ゆ》るがせる気はない。

……いや、違う。

今、ルナと一悟は対等だ。

どちらかが待たせているとか、待たされているとか、そういう関係ではない。

二人で、一緒に、歩幅《ほはば》を合わせているのだから。

※ ※ ※ ※ ※

最初は、初恋の人の面影《おもかげ》を投影していた。
清く神々《こうごう》しい思い出を、彼女を通して見ているようで。
辛《つら》い記憶が、塗り潰《つぶ》されていくようで。
無力だった自分を、掻《か》き消すことができているようで。
でも、いつの間にかそんな願望とは別に、彼女を一人の女性として見ていた。
着実に、できる限り、現実的に。
しかしそれは、それだけ真剣《しんけん》で、心から願っているということ。
過去に戻りたいとは思わない。
僕は、君と共に歩んでいこうと思う。
初恋の人の娘だった、君と、今を。

You are the daughter of my first love. The end.

あとがき

初めまして、もしくはお久《ひさ》しぶりです、機村械人《きむらかいと》と申します。

さて、『君《きみ》は初恋《はつこい》の人《ひと》、の娘《むすめ》』――如何《いかが》だったでしょうか？

当初「社会人×ＪＫの背徳感《はいとくかん》のある恋愛」「初恋の人にそっくりな彼女の娘がグイグイ来る」というコンセプトに基づき本作を書き始めた作者でしたが、正直に言ってしまうとかなり難産《なんざん》な作品だったと言えます。

何分《なにぶん》、今までまったく書いたことも、触れたこともないジャンルの物語だったため、自分の中のボキャブラリーを、絞《しぼ》りに絞って絞り出して……そんな、四苦八苦《しくはっく》と七転八倒《しちてんばっとう》の果てに生まれた物語でした。

だからでしょうか、本作は自分にとってとても存在の大きな作品となりました。

機村械人は、「初恋娘《はつこいむすめ》」以前・以後で変わったと断言《だんげん》できるくらい、作家として成長させてくれました。

今はただただ、そんな物語を描き切らせていただけた事に感謝です。

また、イラストレーター、いちかわはる先生と出会えたことも、本作を書いて良かったと思う要因の一つです。

『君は初恋の人、の娘』が、いちかわ先生の素晴《すば》らしさを少しでも世に広める力添《ちからぞ》えになれていたなら、これ幸《さいわ》いです。


最後に、本作を書き上げる上でお世話になった多くの皆様《みなさま》に、改《あらた》めて謝辞《しゃじ》を。

担当編集様、GA文庫編集部の皆様、営業部の皆様。

第一巻から本巻まで、至高《しこう》のイラストで物語を盛り上げてくださいました、いちかわはる先生。

校正様、印刷所の皆様、全国の書店様。

度重なり本作のフェアを開催してくださいました、アニメイト様。

そして何より、『君は初恋の人、の娘』をここまで読んでくださった読者の皆様。

本当に、本当にありがとうございました。


それでは、またお会いできる日を夢見て。

最後までお読みいただき、ありがとうございました。

五年後

You are
the daughter of
my first love.

「………」

長い眠りから覚《さ》めるように——瞑目《めいもく》していた双眸《そうぼう》を開ける。

視界の中に、ステンドグラスが映った。

陽光を受け色鮮やかに輝くそれは、あたかも宝石箱のようで美しい。

しかし、目映《まばゆ》い光はいつまでも直視していられるものでもなく、自然と目線は下方へと下げられた。

そこにあるのは、掲《かか》げられた十字架《じゅうじか》。

更に視線を下げれば、目前には聖壇《せいだん》があり、神父《しんぷ》が立っている。

ここは、荘厳《そうごん》で神聖な静けさに満たされた教会の中。

ブライダルタキシードを纏《まと》った一悟《いちご》は——遠い記憶を思い出していた。

彼女との出会い。

騒《さわ》がしく愛《いと》おしく、貴重な体験に満ちた日々。

互いの覚悟《かくご》を交わした日。

そしてそれから歩んできた、今日までの長い道のり。

多くのことがあった。

当然、幸せな記憶ばかりではない。

何度も、心が挫《くじ》けそうになった事もあった。

けれど、そんな不安と障壁《しょうへき》の数々を、一悟と彼女は支え合い、助け合い、乗り越え——。

そして、今日に辿《たど》り着いた。

後方——教会の扉《とびら》が開く。

振り返れば、ウェディングドレスを纏った花嫁《はなよめ》がヴァージンロードを歩いてくるのが見える。

彼女と腕を組み、一緒《いっしょ》に歩いているのは朔良《さくら》の父——おじさんだ。

彼と視線が重なり、お互いに微笑《ほほえ》み合う。

まさかこんな日が来るなんて……そんな互いの気持ちが、手に取るようにわかったからだろう。

視線を巡《めぐ》らせば、参列席に座った人々の顔が見える。

その中には、一悟が世話になった職場の仲間達もいる。

園崎《そのざき》や鷺坂《さぎさか》……石館《いしだて》、佐々木《ささき》、堀之内《ほりのうち》の元・女子大生三人組も、花嫁の姿を懸命《けんめい》に写真に写している。

三人とも、式当日には絶対にブーケトスを受け取ると息巻いていたのを思い出し、一悟は苦笑する。

そして、そんな彼女達と共に和奏《わかな》の姿も視界に映った。

こうして彼女にも祝われる事に、感慨《かんがい》深い気分になる。

今日のために、わざわざ駆《か》け付けてくれた彼女達。

皆が、ヴァージンロードを歩き進む花嫁の姿に温かい視線を向け、祝福してくれている。

やがて、聖壇の上におじさんと花嫁が辿り着く。

花嫁は、新たなパートナーとなる一悟の前へと進み出る。

「…………」

刺繍《ししゅう》の施《ほどこ》されたロングトレーンの、マーメードラインドレス。

両腕を覆《おお》うシルクのアームカバー、結《ゆ》われた黒髪《くろかみ》を覆うヘッドドレス。

やはり綺麗《きれい》だ……と、率直《そっちょく》に思う。

五年前――この教会で試着したのと同じドレス。

あの時、彼女は既《すで》に一悟の前から姿を消すことを決意していた。

だから、幸福な未来を想像するような行為や思考はしないようにと心掛けていて――。

それに、初めてウェディングドレスを着るという気恥《きは》ずかしさも加わっていたので、あまり良い記憶ではなかったと言っていた。

けれど、その時に一悟に言われた『綺麗だ』という賞賛の言葉は素直《すなお》に嬉《うれ》しく、その喜びの気持ちだけは胸の内に大切にしまっていたらしい。

だから、今日この日、彼女は自身のウェディングドレスに、同じものを選択したのだという。

そしてそれは、一悟にとっても何ら文句《もんく》のない選択だった。

そんな彼女の姿に見惚《みと》れている一悟の一方——式は滞《とどこお》りなく進行していく。

神父が口上を述《の》べ、交わされるのは誓いの言葉。

病《や》める時も健《すこ》やかなる時も、互いを愛することを宣誓する。

もう既に、長い時間を共に支え合って、満たし合って生きてきた二人にしてみたら、今更《いまさら》の約束だ。

その想いが通じたのか、苦笑した一悟と同じように、ベールの向こうで彼女も微笑《びしょう》を漏《も》らしたのがわかった。

続いて、指輪《ゆびわ》の交換。

この日のために二人で選んだ、永遠の愛を願う銀色の輪を、互いの左手薬指へ。

そして、誓いのキス。

一悟は、花嫁の顔に掛かったベールを上げる。

「遂《つい》に……だね、イッチ」

そう、彼女は囁《ささや》いた。

五年の月日を経《へ》て、顔立ちは成長している。

けれど、変わらぬ悪戯《いたずら》好きそうな、幼く小悪魔的《こあくまてき》な表情を浮かべ、嬉しそうに。

そんな彼女と同じだけの期待を含んだ声音《こわね》で、一悟も答える。

「ああ」

誓いのキスには、三つの選択肢がある。

額《ひたい》か、頬《ほお》か、口のどれかにするのだという。

しかし、既にどこにするかは決めている。

五年前に約束した。

ずっと彼女が待ち焦《こ》がれていた――その場所へ。

それを、彼女も待っている。

「これからもよろしく。幸せにするよ、ルナ」

「うん……よろしく、お願いします」

求め続けたその一瞬を噛《か》み締《し》めるように、二人は唇《くちびる》を重ね、力強く互いを抱き締め合った。

ファンレター、作品の
ご感想をお待ちしています

〈あて先〉

〒106－0032
東京都港区六本木2－4－5
SBクリエイティブ（株）
GA文庫編集部 気付

「機村械人先生」係
「いちかわはる先生」係

本書に関するご意見・ご感想は
右のQRコードよりお寄せください。

※アクセスの際や登録時に発生する通信費等はご負担ください。

https://ga.sbcr.jp/

君《きみ》は初恋《はつこい》の人《ひと》、の娘《むすめ》 3

発　行　　2022年2月28日　初版第一刷発行
著　者　　機村械人
発行人　　小川　淳

発行所　　SBクリエイティブ株式会社
〒106−0032
東京都港区六本木2−4−5
電話　03−5549−1201
03−5549−1167（編集）

装　丁　　FILTH

印刷・製本　中央精版印刷株式会社

ISBN978-4-8156-1437-9
Printed in Japan　　GA文庫